수다쟁이들의 다락방

수다쟁이들의 다락방

초판 1쇄 인쇄_ 2017년 10월 25일 | **초판 1쇄 발행**_ 2017년 10월 30일
지은이_이경희 외 15인 | **펴낸이**_진성옥·오광수 | **펴낸곳**_꿈과희망
디자인·편집_김창숙·윤영화 | **일러스트**_김숙희 | **교정**_왕영옥 | **마케팅**_김진용
주소_서울시 용산구 백범로 90길 74, 103동 오피스텔 1005호(문배동 대우 이안)
전화_02)2681-2832 | **팩스**_02)943-0935 | **출판등록**_제2016-000036호
E-mail_ jinsungok@empal.com
ISBN_979-11-6186-023-7 03810

수다쟁이들의
다락방

———— 이경희 외 15인 지음

꿈과희망

"우리는 중독자들이다"

글쓰기는 자신과의 싸움이다. 나는 매일 TV 앞에서, 스마트폰에서, 침대에서 게으름 피우고 싶은 나와 싸운다. 아무리 좋은 글감이 있어도 쓰지 않으면 공상에 불가한 일이기에. 알면서도 자꾸 꾀가 나는 이유는 글을 쓰는 것이 고도의 집중력을 필요로 해서 몸 안의 에너지를 많이 소모하기 때문이다.

글을 쓰기 시작한 뒤로 엉망이 된 나의 스타일을 본다. 패션, 몸매, 피부 등 자기관리를 열심히 하던 내가 글을 쓰기 시작한 뒤로 에너지가 딸려 그 모든 것을 포기했다. 그래도 나는 글쓰기가 좋다. 마라토너가 42.195km를 달리는 과정이 숨이 차도록 힘들어도 다시 뛰는 것처럼 하룻밤 날을 꼬박 새워 겨우 글 한 편을 쓰고 난 다음 날은 피로에 정신을 못 차리면서도 머릿속에 새로운 글감이 떠오르면 그게 더 행복하다.

글 한 편을 쓰고 폭삭 늙은 할머니가 된다 해도 나는 글쓰기를 멈추지 못 할 것이다. 이미 글 한 편이 완성되면 느끼는 희열이라는 치명적 유혹에 중독되었다. 나는 중독자이지만 외롭지 않다. 수다쟁이다락방에 모인 회원들 모두 글쓰기 중독자이기 때문이다. 글쓰기를 떠나 행복할 수 없는 우리가 경기도 따복 공동체지원 사업에 도전하여 한 마음 한 뜻으로 책을 내어 더욱 기쁘다. 중독을 건강하게 풀어 낼 수 있도록 기회를 준 경기도 따복에 감사를 드린다.

아울러 올해로 여섯 번째인 우리의 출판이 멈추지 않고 쭉 계속 되길 바라고, 계속 되는 출판 속에 한 번은 베스트셀러가 되는 책도 있었으면 좋겠고, 유명작가님도 탄생하기를 욕심내 본다. 그리고 6회에 걸쳐 책이 나오는 동안 글을 쓴 회원들보다 더 고생이 많은 박창수 작가님께 감사의 마음을 전하고 싶다.

2017. 10. 15
'수다쟁이다락방' 리더 채리경

꿈은 이루어진다

"학창시절 글 쓰는 거 좋아했어요. 작가가 되고 싶었죠."

"정말 내 인생을 책으로 쓰고 싶습니다."

"글을 쓰고 싶긴 하지만 저에게도 글 쓰는 재주가 있는지 모르겠어요."

"남편이 40여 년 간 한 길을 걸어온 옻칠 장인(匠人)입니다. 그의 삶과 우리의 전통 칠 예술을 책으로 쓰고 싶습니다."

올해로 7년째 부천에서 글쓰기 강의를 하면서 만난 습작생들이 글쓰기 입문 시 저마다 털어놓은 고백들이다. 20여 명이 일주일에 한 번씩 모여 글을 쓰고 작품을 공유한다. 나는 그들에게 글감을 찾고 스토리텔링을 하고 문단을 나누고 각자의 개성으로 글의 맛을 내는 방법을 제시할 뿐이다. 글을 계속 쓰고 안 쓰고, 또 글쓰기를 통해 힐링을 경험하는 것에서 그치든 수필가, 소설가, 시인으로 거듭나려는 열정을 불사르든 그것은 그들의 몫이다.

　글쓰기에 혼신의 힘을 쏟아 붓고 있는 그들을 지켜보는 일은 소리 없는 기쁨이다. 밤새워가며 쓴 글을 수업시간에 발표하는 얼굴엔 형언할 수 없는 만족과 즐거움이 번져난다. 원고 작업을 해오면서 터득하게 된 글쓰기에 필요한 소소한 양념들이나 책에서 얻은 짧은 지식들을 늘어놓는 수다 같은 나의 강의에도 그들은 늘 귀를 쫑긋 세우고 수험생 못지않은 자세로 경청을 한다. 이런 그들과 함께하는 보내는 시간이 매 주마다 있다는 것 자체가 나에겐 특별한 행복일 수밖에 없다.

　나는 소망한다. 아니 확신한다. 언젠가는 그들이 꾸는 저마다의 꿈이 이루어질 것이라고. 캐나다의 여류소설가 앨리스 먼로(Alice Munro)가 82세의 나이에 노벨문학상을 수상한 것처럼 말이다.

2017. 10. 15
작가 박창수

7

"글 쓰는 원미동 사람들!
역사를 엮는 사람들입니다"

어김없이 돌아오는 가을을 기쁜 마음으로 맞이합니다. 지난 7년이라는 시간 동안 원고지를 켜켜이 쌓여온 글쓰기교실 회원들이 여섯 번째의 공동 수필집을 출간하게 된 것을 진심으로 축하드립니다.

한 조사결과에 따르면 갈수록 독서율이 떨어지고 있다고 합니다. 책을 읽는 사람만 책을 읽고, 나이가 든 사람일수록 언어 능력이 떨어지는, 이중의 양극화 현상이 우리나라에서 나타나는 현실이라는 거죠. 특히 50대 이후에는 독서율이 현저하게 떨어지고 있다는 사실에서 이러한 문제를 해결하려면 우리가 무엇을 해야 할지 같이 머리를 맞대고 고민해 볼 필요성을 느낍니다. 이런 면에서 볼 때 우리 동네 원미동 글쓰기 반에 그 해답이 있다는 것을 알았습니다.

한 편의 작품이 탄생하기까지는 많은 시간이 투자됩니다. 글쓰기 회원들은 책 읽기는 물론이고 여행을 하거나 문학관을 직접 찾아다니며 선배 작가들의 글 쓰는 것을 배우고 익힙니다. 또한 일상생활에서 글감을 찾아 그때마다 메모를 해 두고 시간 날 때마다 틈틈이 글을 엮어 나갑니다. 이런 습관을 바탕으로 우리 원미동 사람들을 비롯해 부천시민들 중에는 제법 수준 있는 글을 쓰며 작가에 도전을 하는 분들이 적지 않습니다. 이런 모든 것이 모여 긴 시간을 채워 나가고 한 사람 한 사람의 역사가 우리 부천시의 역사가 되고 나아가 한국의 역사가 되어 소중한 자산으로 남게 될 겁니다.

이번 '수다쟁이들의 다락방'이 나오기까지 고생하신 모든 회원의 열정에 박수를 보내며 수강생들을 지도 해주신 박창수 작가님에게 감사의 말씀을 드립니다.

2017. 10. 15
글쓰기 교실 초대회장 서주아(원미2동 주민자치위원장)

| 차례 |

프롤로그 우리는 중독자들이다 _채리경 04

추천의 글 1 꿈은 이루어진다 _박창수 06

추천의 글 2 글 쓰는 원미동 사람들! 역사를 엮는 사람들입니다
_서주아 08

첫 번째 이야기
어느 날 문득 – 에 대하여

고무나무에게 이별을 배우다 _박숙자 19

탑동 앞 바다 _정인자 23

'직지'의 소망 _김순겸 27

아이는 변화될 수 있다 _안미경 31

눈으로 보고 눈으로 지우자 _채리경 35

지하철에서 노래하는 사나이 _송민경 40

40년 전의 약속 _천명준 45

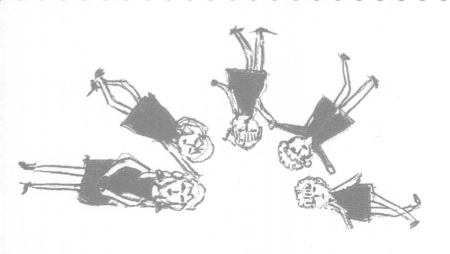

탁구의 행복 _최영례 51

콩닥이의 눈에 비친 연예인 _김재희 55

1년 내내 나에겐 뜨거웠던 그해 여름 _류인록 61

머리로 하는 장사, 가슴으로 하는 장사 _송민경 67

허망한 꿈 _이복례 73

좌충우돌 집 사기 _채리경 79

사랑의 징검다리 _안미경 84

이디오피아? 유토피아? _박숙자 89

먼저 간 그대에게 _천명준 93

봄이 오는 길목에서 _이양순 97

아카시아 꽃, 그 추억의 향기 _이경희 101

두 번째 이야기
가족 – 에 대하여

이쁜이의 가출 _왕영옥 109

엄마의 텃밭 _김순겸 115

우산장수와 짚신장수의 엄마 _정인자 118

자매 _이복례 122

낙지 같은 손자 사랑 _이양순 127

"나! 절 안 받는다" _조미라 132

또 다른 동행 _남태일 137

아버지 초상 _채리경 141

하늘(天)보다 조금 더 높은 당신(夫) _왕영옥 146

아버지의 정원 _이경희 151

세 번째 이야기
떠남과 만남 – 에 대하여

사라진 고향집 _이양순 159

밴댕이 소갈딱지 _왕영옥 164

세체니다리에서 퍼 올린 추억 하나 _김재희 170

국토의 막내, 마라도 _류인록 177

그 녀석을 만나고 싶다 _박숙자 182

낙조가 아름다운 탄도항 _안미경 187

서울을 통째로 담가도 남을 타우포호수 _남태일 191

네 번째 이야기
나이 듦 – 에 대하여

내 나이 이순(耳順)이다 _정인자 199

뒤집기의 승자가 된 모자(母子) _김순겸 203

한나절, 그녀들의 반란 _송민경 207

글쓰기는 내 삶의 비타민 _류인록 212

내 나이가 어때서 _천명준 216

방포댁의 귀촌이야기 _김재희 220

마지막 예식 _이경희 226

에필로그 가장 가치있고 즐거운 일 _류인록 230

어느 날 문득
- 에 대하여

산다는 것은
끝없는 만남, 반성, 깨달음, 이별의 여정이다.
누구인들 말할 수 있겠는가?
'나는 완벽한 삶을 살고 있다'라고.
뒤돌아서면 아쉬움이 남고
돌이켜보면 '그때 왜 그랬을까' 싶은 게
우리들의 삶이 아니겠는가.

고무나무에게
이별을 배우다

박숙자

우리가 더불어 살아가는 이 세상에서 행복하게 살아가기 위해서는 꼭 경험해야 하는 이별이 있다. 그것은 지나친 자기애(自己愛)와 자기의(自己義)를 표출하는 자아(自我)와의 이별이다. 자아 내려놓기다.

많은 사람들은 이별이라는 단어를 생각하면 사랑했던 가족과의 이별, 오래된 연인과의 이별, 반려 동물과의 이별 등 아프고 슬픈 기억들을 떠올리곤 한다. 지금까지 이별은 우리에게 헤어짐의 슬픔과 고통으로 인해 큰 상실감을 경험하게 했다. 자아와의 이별은 다르다.

스스로에게 행복과 기쁨 그리고 평안을 주는 신호탄이 될 것이다.

작년 봄에 새로 들여온 화분에 작은 고무나무 두 그루가 심겨져 있었다. 진한 연녹색의 잎은 내 손바닥만 하고 밑둥 부분은 파란색 끈으로 단단히 묶여 있었다. 화원 주인의 말대로 관리하기 쉽고 관상용으로도 안성맞춤인 듯 싶어 매우 흡족해 하며 미소를 머금었다. 두 그루의 고무나무들은 겨울도 무사히 잘 넘겼다. 따스한 봄바람이 살랑살랑 부는 어느 날 잎을 닦아주려고 다가서니 잎은 어느새 자라 성인 남자 손바닥만큼 커다랗고 넓적하게 자라 있었다. 그런데 이상한 일이었다. 처음에는 분명히 잎의 크기가 같았는데 두 나무가 서로 붙어 있던 안쪽의 잎들이 바깥쪽 잎들보다 훨씬 작게 자라고 있었다. 둘 사이를 묶고 있던 끈 때문에 잘 자라지 못했다는 생각에 끈을 잘라 주었다.

한 달 정도의 시간이 흐르자 곧게 자라던 두 그루의 나무 사이가 멀어지더니 급기야 나무 한 그루는 눕다시피 기울어졌다. 이 모습을 보고 김 집사님이 말했다.

"분갈이 하셔야 해요. 서로 좁다고 밀어 내잖아요."

며칠 후, 교회에서 꽃꽂이와 화분을 관리하던 김 집사님 부부와 함께 화분에 한 그루씩 따로 심어 주었다. 심어놓고 보니 마치 교통경찰이 수신호를 하는 것처럼 엉거주춤하게 위쪽으로 향하고 있었다. 반듯하게 자라길 바라며 지지대를 꽂아 주었다.

올 여름은 장맛비가 자주 내려서 실내에서 수돗물만 먹었던 화초들을 끌어다가 비에 흠뻑 젖게 해 줄 수 있었다. 그동안 무심코 지나쳤던 고무나무를 자세히 보았다. 작아서 속상했던 잎들도 진녹색을 띠며 제법 넓고 두꺼워져 있었다. 제대로 펼치지 못했던 잎들도 이제는 두 팔을 양쪽으로 펼친 유도선수처럼 쭉 펼쳐져 있다. 당당하게 서있는 모습을 보며 '서로 떨어져야 할 때 떨어뜨려 놓으니 이렇게 좋은 걸.' 하고 생각했다.

인간은 혼자 살 수 없는 존재다. 그러면서도 서로 사랑하고 이해해주어야 할 가장 가까운 사람들과의 관계에서 갈등을 겪는다. 그 대상이 남편이거나 아내 혹은 자녀들 아니면 우리가 자주 접하는 직장 동료, 이웃들이다. 다시 말해 갈등은 나와 전혀 상관없는 사람이 아닌 나 자신과 관계를 맺고, 함께 행복을 나누고 살아가야 할 이들 사이에서 비롯된다고 할 수 있다.

언젠가 골목길에서 할머니보다 앞서서 걷던 어린 꼬마아이가 실수로 넘어지는 모습을 보았다. 아이는 엎드러진 채로 땅바닥을 가리키며 닭똥 같은 눈물을 흘리면서 대성통곡을 했다. 황급히 달려온 할머니가 손자를 일으켜 세우며 말했다.

"누가? 누가 그랬어? 할머니가 맴매 해줄게. 울지 마."

할머니는 발을 세차게 여러 번 땅을 향해 내리치며 누가 우리 손자를 넘어뜨렸냐며 야단을 쳤다. 언제나 그 자리에 있었던 말 못하는 땅에게 큰 소리를 치고 나서야 그 꼬마아이와 할머니는 자리를 떠날 수 있었다. 이 모습은 낯설지 않은 광경이다. 우리는 자의적이든지 타의적이든지 어렸을 때부터 남의 탓을 하며 나 자신을 지켜왔는지 모른다.

프로이드는 인간의 성격을 "난 내가 하고 싶은대로 해"하는 식의 자기가 원하는 본능인 이드(id)와 현실적인 타협안을 찾는 자아인 에고(ego) 그리고 도덕적 완성과 자아 이상을 추구하는 초자아인 슈퍼에고(superego)로 구분했다. 자아는 생후 6개월에서 8개월 사이에 발달하기 시작해 2~3세 정도 되어야 제대로 된 기능을 하게 된다고 한다. 특히 영·유아기 때 주변사람들과 환경에 의해 학습된 결과로 자아와 초자아의 균형을 이루게 된다. 그런데 이 과정에서 객관성을 잃어버린 지나친 자기중심적 사고는 자신도 모르는 사이에 오직 내 기준이 맞고, 내가 하는 행동이 맞다는 식의 평가기준척도를 만들어낸다는 것이다. 이로 인해 성인이 되어서도 "내 생각은 맞고 당신은 틀렸어. 당신이 잘못이야. 고칠 사람은 당신이야"라고 생각하고 말하게 되어, 대화와 타협보다는 다툼과 갈등의 원인을 낳는다.

지나친 자기애와 자기의는 타인에게 아픔을 주는 것 뿐만 아니라 갈등으로 인해 자기 안에 분냄과 불평을 유발시켜 마음의 안정감과 평안함을 빼앗기게 만든다. 이로써 서로 행복감을 갖지 못하게 됨으로써 승자는 없는 두 패배자만 남게 된다. 좁디 좁은 화분에서 고무나무가 살기 위해 다른 한 그루를 밀어내듯이 내가 타인에게 상처주지 않는 행복 전달자로 온전히 성장하기 위해서는 자기애(自己愛)와 자기의(自己義)로 가득 채워진 자아(自我)를 밀어내야 할 것이다. 오늘도 나는 고무나무를 보며 생각해본다. 아름다운 이별을.

탑동 앞 바다

정인자

제주도를 찾는 사람들이 한번쯤은 들러봤을 제주 시내에 자리한 탑동은 제주도 방언으로 '탑바리'라고 한다. 탑동은 '탑 아래' 또는 '탑알'이라는 말에서 유래됐다. 인근 마을에 청상과부가 많이 생겨 이곳 좌우에 돌탑을 쌓고 해마다 제를 지냈고 탑을 쌓은 동쪽 아래 마을이란 뜻에서 탑동으로 불리게 되었다고 한다.

탑동! 이곳은 나의 고향이다. 어린 시절 탑동 앞바다는 지금처럼 방파제에 둘러싸인 그런 모습이 아니라 둥근 먹돌로 드넓게 펼쳐진 어린 시절 놀이터였다. 썰물이 되면 동네사람들은 그 넓은 곳 여기저기에 저마다 자리를 잡았다. 크고 작은 돌멩이를 치우면서 둥그런 원을 만들면 그 안에 있는 것은 모두 그들의 차지가 된다. 오빠와 나도 작은 돌멩이는 손으로 큰 돌은 둘이 힘을 합쳐 우리 영역 밖으로 밀어냈다. 힘에 부쳐 밀어내지 못한 돌은 그냥 둔 채로 우리만의 어장을 만들었다. 돌을 하나씩 걷어내다 보면 어떤 돌에는 고동 하나가 또 다른 큰 돌 밑에는 고동이 대여섯 개 붙어있고 운 좋은 날엔 소라까지 손에 넣었다. 바다참게들은 우리가 좁혀가는 돌들 틈으로 피난을 가고 돌들이 얼마 안 남게 되면 바다참게들은 우리 손을 물기도 하면서 서로 숨느라 한바탕 난리가 났다.

우리 남매가 잡은 것들은 그날 저녁 먹거리가 된다. 참게는 콩과 같이 졸여두면 밑반찬이 되고 소라는 연탄불에 구워 먹고 고동은 삶아서 바늘로 부지런히 빼 먹는 재미가 있다. 먹을거리가 귀했던 바다는 우리에게 놀고 잡고 먹는 다양한 재미를 선물을 안겨주었다.

여름이 시작되면 오빠는 작살을 만든다. 트럭의 폐타이어에서 구한 검정색 고무 튜브를 노끈으로 단단하게 엮으면 지금에 고무보트가 부럽지 않았다. 좀 더 깊은 바다로 나가기 위한 준비다. 고기를 잡으러 간 오빠 옷을 지키며 뙤약볕 아래 기다리고 있으면 어복이 좋은 오빠는 작살로 쥐치, 붉바리, 놀래기 등을 잡아오고 주변 사람들이 부러워하는 시선에 덩달아 우쭐대곤 했었다.

밀물이 되면 탑동 앞바다는 수영장으로 변했다. 아이들은 팬티 하나만 입은 채 바다로 달려간다. 숨 오래참기, 바다로 뛰어들기로 배가 고파질 때까지 물놀이하다 보면 썰물이 시작되고 드러나는 용천수에 몸을 헹구고 집에 갈 차비를 한다. 용천수가 너무 차가워 오징어 말리듯 주변 돌 위에서 몸을 말리고 숨겨둔 신발을 챙겨 신고 집으로 가곤 했다. 그럴 때마다 작고 예쁜 돌은 주워오는 것도 잊지 않았다. 작은 돌로 공기놀이를 하고 주먹만 한 크기에 납작한 돌멩이로는 사방치기를 했다. 동남아 그 어느 바다보다도 아름다웠던 에메랄드빛 물속으로 코 막고 풍덩 뛰어 들던 소녀였던 나. 어느새 오십여 년의 세월을 흘려보내고 그 시절의 추억을 더듬는다.

이제는 유년기의 탑동 바닷가를 만날 수 없다. 바닷가 해안도로가 생기고 5만여 평의 바다를 매립하면서 지금의 인위적으로 조성된 해변가 다운타운의 모습이 되었다. 대형마트, 호텔, 횟집, 놀이시설 등의 상업시설과 해변공연장이 들어서고 시민과 관광객들이 휴식 공간으로 활용되고 있다. 탑동은 큰 바람이 불면 달려드는 파도가 방파제에 부딪치며 장관을 이룬다. 하지만 방파제는 매번 큰 파도에 유실되는 사태를 반복한다. 그럴 때마다 나는 혼잣말을 던졌다. '소중했던 내 추억을 가져간 대가야.'라고.

가난했지만 행복했던 어린 시절 탑동 바다의 그 모습은 찾을 수 없지만 둥근 먹돌로 펼쳐졌던 그 바다는 추억과 함께 내 가슴에 남아 있다. 가족들과 옛 놀이터 위에 지어진 호텔 뷔페에서 식사를 할 때면 그 시절의 이야기를 하곤 한다.

"할망 어릴땐 이 영 허멍 놀았져."(할머니 어렸을 때는 이렇게 하면서 놀았다.)

제주도 방언을 조금 알아듣는 손녀는 자신도 그 시절의 소녀가 되어 그렇게 바다와 친구가 되었으면 좋겠단다. 이따금씩 날이 좋으면 보이는 관탈섬과 이름 모를 작은 섬 그리고 수평선을 노을로 물들이는 일몰의 탑동 앞 바다. 예나 지금이나 그 풍경은 여전히 아름답기만 하다.

'직지'의 소망

김순겸

몇 분만 걸어도 땀이 줄줄 흐르는 폭염이 지속되고 있었다. 그날도 마찬가지였지만 가보지 않은 곳을 찾아간다는 설렘과 막연한 기대감은 더위도 막지 못했다. 도심 속 아스팔트가 달아오르기 시작하는 오전 열시! 글쓰기 동호회 회원들과 서울 중구의 을지로 4가 인쇄골목을 찾아갔다.

빌딩 사이 인쇄소 골목은 60~70년대 모습으로 그 자리를 간직하고 있었다. 좁은 골목과 낡은 건물들이 마치 50년 전 과거 속 어느 변두리 동네의 미로와도 같았다. 우리가 늘 접하는 깔끔한 인쇄

물들이 이처럼 허름한 동네의 어두운 불빛 아래서 인쇄된다는 것이 믿어지지 않았다. 더구나 인쇄기는 일본, 독일에서 수입한 기계로 가격도 수억이라는 얘기를 듣고 우리 인쇄문화가 왜 이렇게 됐을까? 에 대해 궁금하지 않을 수 없었다.

요즈음 나는 내 삶의 최대 숙제인 옻칠공예가인 남편 개인전 도록을 만들고자 출판 관련 공부를 하는 중이다. 그날 귀가 후 우리가 방문했던 인쇄골목의 역사를 검색했다. 한 줄기 빛 같은 희망적인 내용이 눈을 크게 뜨게 했다. 충무로, 을지로 일대가 「인쇄특정개발진흥지구」로 지정되었고, 이 사업 지구 안에 3천여 개의 업체가 인쇄산업의 미래를 이끄는 지역으로 재탄생한다는 반가운 소식이었다. 인쇄 골목과 역사 지원을 연계한 투어프로그램이 만들어지면 꼭 가겠노라고 나 자신과 약속했다.

또 한 가지 내 시선을 집중시키는 검색어가 나타났다. 의미있는 다큐멘터리 영화 '직지코드'가 개봉됐다는 것이다. 1377년 고려 흥덕사에서 인쇄된 「직지」는 세계에서 가장 오래된 금속활자본이다. 구텐베르크의 금속활자가 고려 인쇄술의 영향을 받았을 것이라는 가설을 세우고 진실여부를 확인하는 과정으로 프랑스, 독일, 이탈리아, 스위스 등 유럽 5개국 7개 도시와 한국을 종횡무진하여 완성한 영화라는 설명을 읽었다. 고 박병선 박사의 헌신적인 노력으로 찾아낸 「직지」 관련 영화라 꼭 보고 싶었다.

개봉한 지 달 포가 지나서야 '직지코드' 상영관을 찾았다. 왠지 이번에 보지 못하면 못 볼 것 같아 간 곳은 서울지역 단 한 곳 상업

성과는 먼 예술영화를 주로 상영하는 이대 아트하우스 '모모'였다. 영화는 캐나다인 레드먼이 우연한 기회에 직지의 존재를 알고 그것이 소장된 프랑스 국립도서관에 가서 열람을 요청하지만 사서의 알 수 없는 이유로 거부당한 이야기로 시작한다. 레드먼과 외국에서 오래 산 명사랑 아네스 제작진이 직지의 비밀을 찾아다니는 여정이다. '직지코드' 촬영이 거의 끝날 무렵 대박이 날 거라는 기대감을 갖고 식사를 하는 동안 차의 유리창이 깨지고 카메라와 컴퓨터 등 모든 장비와 그동안 작업한 결과물을 도난당한다. 일어나지 말아야 하는 일 앞에서 나도 망연자실했다. 중요한 일을 할 때는 끝까지 긴장을 늦추지 말아야 한다는 것과 촬영진들이 로마시내 곳곳을 찾았지만 끝내 찾지 못했을 때 계획적으로 누군가 방해하는 것으로 보였다. 촬영팀들은 포기하지 않고 스파이캠과 카메라 한 대로 재촬영했다.

서구 중심의 인쇄 역사 서술은 구텐베르크가 가장 오래된 금속활자를 발명한 걸로 썼다. 독일 마인츠 구텐베르크 박물관 큐레이터는 확실하게 문서화된 증거가 없다는 걸 인정한다. 그 박물관에는 한국 금속활자와 관련된 자료를 넓게 전시하고 있음을 보여줬다. 구텐베르크 동상도 프랑스에서 제작했다는 아이러니 앞에서 진실은 과연 무엇일까? 하는 의문이 던져진다. 문화재는 그것을 창조한 국민과 나라에 귀속돼야 한다는 '문화국가주의'와 문화의 세계성을 내세우며 유지 보전을 잘 할 수 있다면 원래 창조한 나라에 없어도 무방하다는 '문화 국제주의'가 있다. 이런 사실을 모를 리 없는 프랑스 국립도서관 사서의 행동을 어떻게 봐야 하는지 착잡함을 안고 영화관을 나왔다. 그렇지만 로마에서 분실한 것들 속에 더 많은 진실이 있을 거고 언젠가는 공개될 날이 오리라 믿기로 했다. 영화의 끝 장면이 레이먼과 명사랑이 직지를 맞잡고 힘 있게 뛰어 올랐고 영화의 첫 장면에서 커다랗게 보였던 에펠탑이 그들보다 작게 보인 의미를 알 것만 같다.

영화관을 나온 나는 자연스럽게 몇 년 전 여름 속으로 들어갔다. 청주에 사는 여동생 병문을 갔다가 고인쇄 박물관을 들렀다. 모리스 꾸랑의 〈조선서지〉에 소개된 「직지」의 가치를 알고 있어서 방문하고 싶었던 곳이다. 관람을 끝내고 한 낮의 열기 속을 걸어 나오면서 인쇄문화의 성지가 되는 날이 오기를 기도했었다.

'직지코드'는 오늘날 인류 문명을 만든 인쇄술의 발전이 수많은 민족, 지역, 문화교류를 통해 이뤄진 것이라는 보여준다. 금속활자는 인류 모두의 자산이지만, 오늘도 나는 문화국가주의가 실현되어 직지가 인쇄된 청주 고인쇄 박물관으로 돌아오리라 믿는다.

아이는
변화될 수 있다

안미경

'백조가 되지 않더라도 난 이 오리를 영원히 사랑할 것이다.' 얼마 전 소극장에서 본 '킬 미 나우'라는 연극의 한 대사다. 〈킬 미 나우〉는 캐나다 극작가 브래드 프레이져(brad Fraser)가 쓴 지체장애를 가진 17세 소년 조이와 아버지 제이크의 가슴 아프지만 마음이 따듯해지는 이야기를 담고 있다. 나이는 많지만 어린 아이 같고 하루 종일 휠체어에서 생활하며 다른 사람의 도움이 필요한 조이, 촉망받던 작가의 삶을 포기하고 조이를 위해 희생하는 아빠 제이크, 항상 즐겁게 웃음을 주는 고모 트와일라, 제이크에게 위로가 되고 안식을 주는 로빈. 조이에게 일반사람들과 똑같이 대하는 친구 라우디까지 누구 한 사람 마음속에 아픔을 간직하지 않은 사람이 없다.

〈킬 미 나우〉는 보통 사람들처럼 살고 싶은 사람들의 이야기다. 우리들은 누구나 특별한 삶을 꿈꾸며 희망한다. 단조롭고 지극히 평범해서 사는 재미가 없다고 말하는 사람들에게 그들은 평범한 삶이 얼마나 큰 축복이고 행복인지를 슬프지만 담담하게 그려낸다. 지체장애를 가지고 있는 조이를 봐서인지 공연장을 나오며 4년 전 미술학원에서 만났던 범이가 떠올랐다.

커다란 눈에 동글동글한 인상이 귀여운 얼굴, 또래에 비해 통통하고 큰 키를 가진 범이를 처음 만난 건 그 아이가 8살 때였다. 범이는 미술학원에서 스케치북에 5세 정도 아이들이 그리는 동그라미와 물결무늬 등을 반복해서 그리고 있었다. 그러다가 옆에서 선생님이 봐주지 않으면 멍하니 다른 사람 그리는 걸 쳐다보며 가만히 앉아있을 때도 많았다. 평범하지 않은 범이가 약간의 지적장애를 가지고 있다는 걸 그때서야 알았다. 그래서 시간이 가능하면 다른 유치부 아이들이 많지 않은 시간에 범이가 올 수 있도록 했다.

일주일에 두 번 학원에 오면 아이클레이 활동과 도형들을 그려주고 색칠해보기 등 간단하게 할 수 있는 미술작업들을 반복해서 할 수 있도록 도와주었다. 조금만 다른 아이들 신경 쓰느라 옆에 있지 않으면 그 자리에서 잠이 들고 일어나지 않아서 자다가 하원한 적도 많았던 범이가 달라진 것은 한 사건이 있던 날부터다. 그 날도 1층에서 유치부 아이를 픽업해서 올라오는데 이 선생님이 다급하게 달려왔다.

"선생님, 범이가 배변이 보고 싶다고 화장실 간다는데 저는 도저히 못 따라가겠어요. 원장님도 어렵대요."라며 조심스럽게 말했다.

범이는 그때까지 한 번도 혼자서 화장실을 가 본 적이 없었던 것이다. 얼른 아이를 데리고 화장실로 향했다. 범이는 속이 안 좋았는지 연거푸 세 번 정도 화장실을 다녀왔고 난 화장실 앞에서 기다려주고 뒤도 닦아주고 손도 씻겨주었다. 그 날 이후 범이는 미술학원 입구에 들어서면 언제나 "안 샘~" 하며 큰 소리로 부르면서 들어왔다. 스케치북에 커다란 꽃을 그려주고 색칠하라고 하면 예전에는 반도 못하고 힘들어했었는데 "와! 범이 잘하네."라고 칭찬해 주면서 "선생님이 도와줄까?" 하며 옆에 앉으면 기분이 좋아져서 마무리까지 잘 해냈다. 이 선생님이 장난삼아 어느 선생님이 좋은지 수없이 물어봐도 범이는 1초도 고민 안하고 안 샘이라고 대답한다. 이런 범이를 보면 웃음이 나왔다.

아이들은 편하지 않은 사람 앞에서는 절대 배변을 보지 않는다. 아무리 화장실을 가고 싶어도 참는다. 그만큼 자신을 내어 보인다는 게 쉽지 않은 일이기 때문이다. 범이도 그 날의 기억이 선생님은 자신을 온전히 사랑한다고 생각했을 것이다. 아이와 상호작용이 잘 이루어지면 그 아이를 변화시키는데 큰 도움이 된다. 그 날 이후 범이에겐 상상할 수 없었던 일들이 일어났다. 스케치북에 단색으로만 칠하던 범이는 다양한 색상을 사용하기 시작했고 색연필도 잘 잡지 못했던 아이가 가위로 종이를 오리기 시작했다. 동그라미도 그리기 힘들어했던 아이가 몇 개월 후에는 어설프지만 나무, 꽃, 햇님, 다

람쥐까지 그릴 수 있게 되었다. "이걸 정말 범이가 그렸다고요? 믿을 수가 없네요."

비싼 돈 주고 놀이치료를 다니고 있지만 이렇게 그린 건 처음 본다며 어머니는 신기해 하며 기뻐했다.

우리는 장애가 있다는 선입견으로 아이들을 대하게 되고 바라봐서 뜻하지 않게 오류를 범할 때가 많다. 라우디가 조이를 대하는 것처럼 편견 없이 틀림이 아닌 다름으로 인정하고 함께 살아간다면 좋지 않을까? 정상인들과 똑같이 장애가 있는 아이들도 좋은 자극에 얼마나 많이 노출되는지에 따라서 우리가 상상하는 것 이상으로 변화될 수 있다. 현장에서 다양한 아이들과 함께 하다보면 어른들이 알고 있는 것보다 더 많이 아이들은 변화한다는 것을 알게 된다. 아이들은 자신들의 마음을 어른들이 얼마나 공감하고 이해해주는지 사랑으로 온전히 자신들을 품어주는지 본능으로 느낄 수 있다.

학원을 떠나 온 지금 범이가 어떤 모습으로 성장했는지 알 수 없다. 오늘 밤 〈킬 미 나우〉의 나오는 이야기처럼 백조가 되지 못한 오리라도 사랑하겠다는 말이 내 마음 속에 잔잔하게 스며든다. 지금쯤이면 범이도 씩씩한 소년으로 폭풍성장하고 있지 않을까?

눈으로 보고
눈으로 지우자

채리경

"엄마! ○○이랑 ○○이가 내 흉 봤대."

초등 3학년인 딸아이가 징징대면서 방에서 나온다. 저녁 먹은 설거지를 하느라 빨리 돌아보지 못했더니 아이는 그것도 속상한지 식탁 끄트머리에 앉아 눈물을 글썽인다. 이럴 때면 언제나 설거지 보다 중요한 건 아이의 이야기를 들어주는 것이다. 하던 젖은 손을 대충 닦고 얼른 아이의 이야기를 들어 준다.

직장 맘으로 초등학생인 아이를 일일이 케어 할 수 없어 사 준 핸드폰! 핸드폰이 없을 때는 아이가 학교를 끝나고 학원을 갔는지, 어디서 놀고 있는지 알 수 없어 답답했다. 아이에게 핸드폰이 생긴 뒤로는 수시로 전화로 물어볼 수도 있었고 위치 앱을 깔아 어디에 있는지 확인도 되니 좋았다. 또한 가족 카톡방을 만들어 서로의 스케줄을 공유할 수 있는 점도 좋았다.

딸 아이는 스마트폰이 있는 친구들끼리 카톡방을 만들어 이야기하며 스마트폰의 세계에 빠져 행복해 했다. 하지만 스마트폰을 손에 쥔지 한 달이 되기 전에 문제가 터졌다. 친구들 단톡방에서 엇박자가 난 글 올리기 타이밍과 장난이 심한 이모티콘으로 인해 감정이 상한 한 친구가 단톡방을 나가버린 것이다. 딸애는 그 친구를 다시 초대하고 그 친구는 다시 나가기를 여러번 반복할 때 한 친구가 답답한지 딸에게 "걔가 너 짜증난대."라고 고자질 카톡을 올린 것이다. 딸은 톡방을 나간 친구를 어떻게 해서든 다시 어울리게 하고 싶어서 애썼는데 마음을 몰라주는 친구의 태도에 서운한 맘이 북받친 것이다.

그다지 좋은 방법은 아니지만 사람들이 모이면 뒷담화로 친근함을 다지는 건 아이나 어른이나 똑같은가 보다. 하지만 나쁜 건 그 자리에서 있었던 걸 다른 사람에게 옮기고 그것으로 자신의 이익을 챙기는 것이리라. 아이의 속상함이 이해가 가지만 달래줄 뾰족한 방법이 생각나지 않는다. 육아라는 것이 창의력이 많이 필요로 한다는 것을 새삼 느끼며 일단은 육아 책에서 배운 공감해 주기의 '~구나' 대화법으로 달래기 시도를 한다.

"에고! 우리 딸 그래서 많이 속상하구나."

그렇게 시작한 달래기가 아이에게 내가 말이 되는 소리를 했는지 안 했는지 모르겠다. 대통령도 없는 자리에서는 흉본다는 둥, 직장인에게 뒤담화는 내일 다시 출근 할 수 있게 하는 힘이라는 둥… 그래도 나쁜 건 그걸 일러바치는 사람이니 그것을 전하는 사람을 조심하고, 그런 이야기를 들으면 한 귀로 듣고 한 귀로 흘리는 자세가 필요하다고 다독인다. 딸애는 속상한 마음이 가라앉았는지 눈물을 훔치고 방으로 들어가고 나는 다시 하던 설거지를 하려고 싱크대에 섰다.

동그란 그릇을 흐르는 물에 하나씩 헹구다가 문득 고교시절 선생님이 '모나지 말고 둥글게 살아야 한다.'라고 한 말이 떠오른다. 그때 흘려들었던 말이 오늘 다시 생각나는 건 아마도 오늘 내가 딸애에게 말한 맥락과 크게 다르지 않기 때문일 것이다. 1인 1미디어시대에 둔감하게 살기는 현대인에게 어쩌면 필수 자세일지도 모르겠다. 딸애에게 대충 넘어가라고 가르쳤던 나도 막상 그런 일이 생겼을 때 그렇지 못한 일이 생각났다.

며칠전이었다. 복지사업과 관련된 활동을 돕기 위해 참여자들을 위한 카톡방이 생성되었다. 복지사업을 하려면 다양한 행정서류를 구비하고 시기를 맞추어야 하므로 누구나 어려워하는 부분이 있다. 그 부분을 케어하고자 마련된 단톡방이었다. 50여 명이 가입된 카톡방은 공지와 알림이 뜨면 질문과 답변의 카톡이 수시로 떴다.

단톡방은 알림을 켜두면 일상생활에 지장을 주므로 알림을 꺼두었다가 시간이 날 때 확인을 하는 것이 좋은 방법이긴 하지만 한꺼번에 톡을 확인하다 보면 톡 타이밍을 놓쳐 자연스레 눈톡족이 되버리고 그런 카톡방이 여러 개가 되면 카톡을 확인하는 것도 일이 되어버리기도 한다. 단톡방의 눈톡족으로 있던 어느 날 저녁! 똑같은 질문을 반복적으로 하며 행정서류 구비를 헷갈려 하는 질문자가 있었다. 그 사람의 질문 시간은 낮 시간이었으나 아무도 답을 하지 않은 상태여서 나는 도움이 되고자 내가 처리한 방법에 대한 설명과 사진을 올렸다. 시간은 밤 10시 드라마가 하기 전이었다. 바로 나의 톡 뒤에 바로 뜬 그 카톡은 내 마음에 심한 스크래치를 입혔다.

"늦은 시간인데 그만 하시죠!"

아마도 그 사람은 단톡 알림을 켜 둔 상태로 있다가 그날 유독 짜증이 폭발해 그런 톡을 날린 것 같았다. 상황은 이해가 되지만 분한 마음이 들었다. 아무런 리액션 없이 참고 있으려니 더 화가 나서 카톡방을 나와 버렸다. 다음 날 다시 초대가 되어 카톡방에 불려가게 되었다. 분한 마음이 가라앉은 게 아니라 다시 나갈까 하다가 왠지 초딩 같은 생각이 들어 말아 버렸다.

인터넷 댓글도 익명성을 악용해 막말을 하는 사람들이 있다. 어쩌면 우리 사회의 '묻지마' 폭행은 얼굴도 모르는 사람에게 당한 댓글 폭력과 무관하지 않을 것 같은 생각이 든다. 그러나, 얼굴을 모른다고 자신이 기분 내키는 대로 막말 댓글을 다는 사람들은 앞으로 조심해야 될지도 모른다. 최고 권위에 있었던 대통령도 네트워크에 쌓인 정보로 인해 탄핵 당하지 않았는가! 인공지능과 빅데이터의 시대! 기술의 발달로 가까운 미래에 이력서는 필요 없고 개인정보로 모든 데이터가 읽히게 될 것이다. 요즘은 기업과 국가도 성적과 능력 외에 인성을 무척 중요하게 생각한다. 눈에 보이는 성적과 능력은 객관적 판단이 쉬우나 눈에 보이지 않는 인성을 어떻게 판독할 것인가가 그들의 고민이다.

요즘은 분노조절치료법 및 강좌가 인기다. 나도 가끔은 인터넷 악플이나 공격성 댓글로 분노조절이 어려울 때가 있다. 분노조절이 어려운 이유는 나를 화나게 한 상대가 눈앞에 없어 화가 났음을 표현할 방법이 없는 답답함이 더해지기 때문인 것 같다. 아마도 개인 신상 터는 법을 알았다면 나쁜 짓을 했을지도 모른다.

예전에는 사람들이 서로 대면하고 만나는 시대였다. 말로 상처받는 일이 많았다. 그때는 말로 받은 상처로 화가 나면 한 귀로 듣고 한 귀로 흘리라고 위로했다. 이제는 비대면으로 사람과 사람이 만나지 않고 글로 얘기하는 시대다. 한 눈으로 보고 한 눈으로 지우라고 위로해 주어야 할 것 같다.

지하철에서
노래하는 사나이

송민경

봄 햇살이 따스함을 더해가던 오후. 방학을 맞아 올라 온 대학 2학년생인 막내아들과 붕어빵 한 봉지를 사들고 친척집에 가기 위해 지하철에 몸을 실었다. 수많은 사람들의 사연을 남겨 놓고 끝없이 교체되는 지하철이지만 그날따라 사람들이 그리 많지 않았다. 눈에 들어오는 자리로 가서 재빠르게 엉덩이를 들이 밀었다.

오랜만에 가져 보는 막내아들과의 나들이는 가슴을 설레게 했다. '오손도손 다정히 이야기 하며 가야지, 무슨 이야기부터 할까?' 이런 생각을 하고 있을 때 지하철 문이 열리더니 큰 가방을 밀며 남자가 들어섰다. 그는 큰 가방 위에 앉아 있는 카세트테이프를 틀었다. 폴모리악단의 멋진 선율이 사람들 마음을 휘감으며 지하철 안을 가득 메웠다. 이어서 깐소네가 흐르고 애디뜨 삐아프의 아름다운 목소리도 흘러나왔다. 그는 분주히 돌아다니면서 만 원을 외쳤다. 평소 듣고 싶었던 곡들이기에 망설임 없이 얼른 지갑에서 1만 원을 꺼내 그에게 건넸다. 순간 아들은 옆구리를 찌르며 사지 말라고 했다.

"왜? 엄마가 좋아하는 곡이야. 기회가 안되서 못 샀는데 싸게 사니. 너무 감사하지."

그러자 아들은 조그마한 소리로 지하철에서 물건을 파는 것은 불법이란다. 엄마가 사는 것도 불법에 동조한 것이니 나쁜 거라며 나를 훈계했다. 아무 대꾸도 하지 않고 CD를 가방에 넣었다. 잠시 후 CD장사가 떠나고 지하철 문이 닫히기 직전 하체를 모두 잃어 고무로 감싼 50대 중반쯤 되어 보이는 남자가 등에는 기타를 메고 바닥을 끌며 다른 사람들보다 힘겹게 지하철 안으로 들어섰다 '참 안됐다 얼마나 힘들고 슬플까?' 이런 생각을 마치기도 전에 그는 기타를 앞으로 돌리더니 구성지게 노래 한 가락을 뽑았다. 깜짝 놀라 바라보니 그는 윙크를 살짝하곤 얼굴에 감정을 잔뜩 실어가며 배호의 "누가 울어"를 구성지게 불러댔다. 꽤나 잘 부르는 실력이었다. 그런데 더 놀라운 것은 노래하는 그의 표정이었다. 그의 표정에선 슬픔이나 아픔, 서러움이나 노여움 그 어떤 우울한 표정도 찾아 볼 수 없었다. 그저 행복하게 누가 듣던 안 듣던 마치 관객속의 연주자처럼 멋지게 기타를 치며 리사이틀을 하는 것이었다. 한 곡조가 끝나자 몇 사람이 박수를 쳤다. 나도 힘차게 박수를 쳤다.

그는 잠시 몸을 바로 잡더니 다시 한 곡을 부르기 시작했다. 노래하는 그의 모습은 너무나 행복해 보였다. '마치 노래 할 수 있어 감사합니다.'라고 말하는 것 같았다. 또 한 곡이 끝나자 나는 또 박수를 쳤다. 그런데 주위가 '쏴 ~' 하며 아무도 박수를 치지 않았다. 그러든 말든 나는 박수를 쳐야 할 것 같아 더 힘차게 쳤다. 그는 아무 것도 팔지도 구걸하지도 않았다. 삶에 지친 지하철의 사람들을 위해 열심히 기타를 치면서 노래로 위로하고 있는 듯 했다. 관객이 해줄 수 있는 것은 박수 밖에 더 있겠나. 그게 예의 아닐까? 그런데 왜 돈 드는 것도 아닌데 사람들은 박수를 아낄까? 이해가 안 갔다. 그 때였다. 혼자 박수 치는 나를 보며 그가 말했다.

"예쁜 아줌마 마음도 예쁘네! 신청곡 받아 줄게요. 얘기 해봐요?"

"엘비스프레스리의 falling in love 좋아해요?"

"오케이!"

너무도 멋진 목소리로 너무도 근사하게 노래를 불렀다. '아 이사람 꿈이 어쩜 가수가 아니었을까? 가수가 됐다면 많은 사람들 귀를 행복하게 해주었겠다' 이런 생각을 하며 노래에 젖어 들었다. 마치 지하철 안에 나와 그만 있는 것 같았다. 아들은 사람들의 시선이 의식됐는지 자꾸 옆구리를 찔러댔다. 어느덧 내려야 할 목적지에 다다랐고 잠시 행복의 늪에 빠지게 해준 그에게 무언가 보답을 해야 할 것만 같았다. 아들이랑 먹으려고 산 붕어빵을 봉지째 그의 손에 건넸다.

"이거 따뜻하니 드세요?"

"아, 감사합니다. 예쁜 아줌마. 아들이구나! 잘생겼네! 공부하기 힘들지? 엄마 잘 모셔!"

그는 윙크를 하며 손을 흔들었다. 나는 뭔가 더 줘야 할 것만 같은 아쉬움을 남긴 채 지하철을 내렸다. 버스로 갈아타고 가는 길에 아들은 또다시 지하철에서 물건 팔고 그러는 건 불법이고 내가 사는 것도 불법이라고 했다. 나는 한참을 가만히 있었다. 그리고 아들 손을 잡고 말했다.

"그래 맞아. 아들 말이 맞아. 불법이야. 그런데 아들! 법보다 중요한 게 뭔지 아니? 도리라는 거야, 그리고 정이고. 세상을 살아가는데 법의 척도로만 재며 산다면 우리 삶이 너무 팍팍하지 않을까? 엄마는 법이 먼저가 아니고 사람이 먼저라 생각해."

아들은 그래도 법은 지켜져야 한다며 모두가 어머니같이 생각하면 법은 누가 지키며 사회가 어떻게 되겠냐며 논리를 폈다.

"저분들이 법을 어겼지만 누구에게도 해를 주지 않았어. 엄마는 오히려 물건을 싸게 살 수 있어. 고마웠고 노래를 들을 수 있어 행복했어. 저분들은 잠깐이지만 자신들이 할 수 있는 최선의 방법으로 당당하게 우리에게 행복을 선사했어. 그리고 엄마는 오늘 저 두 분을 보며 많은 것을 생각했어. 그들인들 그렇게 살고 싶어서 살까?"

나는 부연설명을 이어갔다. 그들도 한 때는 저런 일 안 해도 되는 당당한 가장이었을 터이고 사고를 당하고 사업에 실패했음에도 불구하고 죽고 싶을 만큼 힘든 상황에서도 처자식을 위해 당당히 재기를 꿈꾸며 꿈을 포기하지 않고 살아가는 게 장하지 않냐고. 엄마는 그런 그들에게 박수를 보내는 것이고 법의 잣대는 그들에게 절망 속에 갇히게 할 수 있지만 도리는 따뜻한 정과 희망이라는 것을 준다고 말했다. 이어서 아들에게 물었다. 위법이라고 못하게 한다면 그들과 그 가족은 어떻게 될 것이며 또 다른 사회 문제가 발생하지 않겠냐고 했다. 산다는 것은 때로는 아름다운 눈을 감아줘야 할 때가 있는 거라는 내 소견으로 끝을 맺었다. 아들은 이해가 안되는 듯 갸우뚱하며 아무 말 없이 듣고 있었다. 순간 아들에게 꼭 해주고 싶은 말이 떠올랐다. 기회를 놓치고 싶지 않았다.

"엄마는 우리 아들이 앞으로도 누가 뭐라 생각하든 네가 옳다고 생각한다면 남 의식하지 말고 힘차게 나갔으면 좋겠어. 아까 엄마가 아무도 안치는 박수를 혼자 쳤듯이."

아들은 내 손을 꼬옥 쥐더니 고개를 끄덕였다.

지금도 가끔 지하철을 탈 때면 그때 그 멋진 노래를 불러줬던 지하철의 천사가 생각난다. 그 분을 다시 만날 수만 있다면 그때보다 더 큰 박수를 칠텐데……. 언젠가 만난다면 꼭 따뜻한 국밥 한 그릇 대접하고 싶다. 그에게.

40년 전의 약속

천명준

"**야!** 빨리 모여."

오랜만에 누군가의 입에서 자연스럽게 흘러나온 군기 잡는 소리다.

나에게도 꿈 많던 젊은 시절이 있었다. 대기업 음료 회사 수습생으로 입사한 지 4년 만에 당당히 정사원으로 재입사했다. 물론 남보다 빨리 자리 잡기까지는 온갖 고생과 의지가 동반해야만 했다.

판매원으로 활동하던 1986년이었다. 그 해에 두 살 아래인 경삼이와 광식이가 후배로 들어왔다. 그 시절만 해도 선배는 하늘 같은 존재였지만 나는 그들을 친구처럼 편하게 대하기로 했다. 힘든 직장 업무 속에서도 이런 저런 사연을 허심탄회하게 털어놓으면서 허물없이 지냈다. 한창때여서 그랬을까. 회사 일로 바쁜 와중에도 틈만 나면 우리는 서로가 형이라고 우기면서 입씨름을 했다. 어쩔 수 없었다. 내가 나섰다.

"야! 너그들 민증 까?"

주민등록증을 확인해보니 내가 제일 형이고, 둘째가 경삼이, 셋째가 광식이다. 주민등록상 하자를 핑계로 두 사람은 인정하지 않으려고 했다. 어쩔수 없었다. 환갑을 누가 먼저 하나 어디 두고 보자고 했다. 어쩌겠는가. 숫자보다는 우정이 중요했으니 그땐 농담 반 진담 반으로 그러자고 약속했다.

나와 경삼이는 회사생활에 잘 적응했다. 판매나 급여 면에서도 상위를 유지했으나 광식이는 그렇지 못했다. 그 무렵 사내에서는 매니저들에 대한 후배들의 불만이 불거지고 있었다. 진급 케이스였던 선배인 내가 그냥 묵과할 수 없어 총대를 메기로 했다. 각 팀장이었던 우리 셋은 매니저들의 부당한 행위에 분개하여 스트라이크를 일으키자는 데 합의를 했다. 나는 주동자로 친구들은 팀을 대변하여 뜻을 같이했다. 우리는 각본이 누설되지 않게 입단속을 하면서 거사할 내용을 작성했다. 다음날 지점에서 평상시에도 비협조적인 차량 한두 대를 제외한 17대를 동원한 뒤 행동으로 옮겼다. 후배들은 선배인 나의 말에 순응하여 차량을 이끌고 목동에 집합했다. 판매원에게는 루트세일을 강요하면서 판매원이 개인 사정으로 부득이하게 결근을 하면 매니저는 덤핑으로 제품을 판매한 뒤 그 차액을 판매원들에게 전가하는 식의 불합리한 13가지 사항을 사장, 상무, 전무 등 고위직에게 고발했다.

우리의 혁명은 성공하지 못했다. 경영인자가 나서서 우리들 앞에서는 지점장을 야단쳤으나 노사가 없는 시절이었기에 오히려 회사가 판매원을 해고하는 식의 불합리한 결과만 초래했다. 우정 어린 우리 삼총사도 뜻을 제대로 펴지 못하고 각자의 길을 걸어야 했다. 가장 먼저 불의를 참지 못하는 광식이는 그 이후 회사를 사직하고 원래 직업을 따라 울산으로 하향했다. 나도 청춘을 송두리째 바친 회사에 대한 정이 떨어져 수개월 후에 사직하고 영등포에서 도매업으로 제2의 도약을 펼쳐야 했다. 그 시절 나는 도매업에서도 능력을 발휘하여 나름 성공적인 결과를 거두었다. 그 후 내가 원했던 더 큰 목표를 이루기 위해 경기도 부천으로 활동 지역을 옮겼다.

나에게는 원 스톱 쇼핑센터를 건립하여 성공을 하겠다는 꿈이 있었다. 무지해서일까. 욕심이 컸던 걸까. 완벽하게 준비를 하지 못한 나의 부족함과 국내에 IMF 경제 위기가 겹쳐 나의 꿈은 실행에 옮겨 보지도 못하고 나락으로 떨어지고 말았다. 상상할 수 없는 너무 큰 충격이었다. 도저히 벗어날 수 없는 암흑 속에서의 일상은 참혹했다. 57평의 아파트에서 10여 평 밖에 되지 않는 셋방을 전전긍긍하기를 10여 차례나 했다. 아이들의 정신력에 이상이 생길 정도였다. 그렇게 힘든 상황 속에서도 나는 고전분투 했다. 개인회생으로 매달 60여 만 원씩 5년 간 빚을 상환하던 그때 그 순간은 너무 크

나쁜 고통의 연속이었다. 가정은 피폐해져 영하 10도의 혹한기에도 난방을 하지 않고 지내는 날이 비일비재 했다.

세월의 흐름을 유수 같다고 했던가? 어느덧 우여곡절 끝에 조금씩 긴 터널의 끝이 보이기 시작했다. 그렇게 나의 생활이 안정되어 갈 무렵 오랜 시간 동안 잊고 지냈던 친구들과 연락이 되었다. 물론 다시 만나기까지는 울산에 있는 광식이의 숨은 공이 컸다. 그 후 더 많은 세월이 흘러 어느덧 우리는 60줄에 들어섰다. 40년 전의 약속을 위해 다시 뭉치는 날을 맞이했다. 경삼이가 환갑을 맞이한 것이다. 한마디로 감개무량할 뿐이다.

뜻있는 날의 의미를 되새기기 위해 주인공은 단 한 푼도 쓰지 않고 모든 경비를 광식이와 나 둘이서 부담하기로 했다. 우리는 무언가 흔적을 남기기로 했다. 18K에 루비를 박자는 안과 나중에 팔면 손해라면서 순금으로 하자는 안이 팽배했으나 다수의 결정으로 순금으로 하기로 했다. 금반지 석 돈을 사려고 금방으로 갔으나 카드 사용 시에는 한 돈에 4만 원을 더 달라고 했다. 절이 싫으면 중이 떠나는 법. 치밀어 오르는 화를 억누르고 어렵사리 현금으로 구입했다.

우리의 파티는 한정식으로 분위기를 살리기로 했다. 나는 23년 만에 처음으로 오후 6시에 가게 문을 닫았다. 아버님이 돌아가신 날을 제외하고는 결코 허락되지 않았던 나만의 사업 철학이었지만 이 날만큼은 그 룰을 깨버렸다. 그만큼 친구들과의 만남은 소중했다. 마음이 흥분되어 약속 장소인 문래동으로 발걸음을 재촉했다. 그동안 삶의 무게에 갇혀 두문불출하며 긴 세월을 보냈다. 강산이 두 번

바뀌는 긴 여정 끝에 맞이한 부부동반 외출이었다. 우리 부부는 약속 시각보다 20분쯤 일찍 도착했다. 역 밖으로 나오자 미리 마중 나온 경삼이 부부가 있었다. 한참을 주절거린 후에야 광식이 부부를 만났다. 그제야 아무리 세월이 흘러도 우리의 우정의 고리가 얼마나 단단했는지 실감이 났다.

경삼이 부부의 수고로 모든 것은 순조롭게 이루어지고 있었다. 식사하기 전에 먼저 내가 쓴 수필을 읽었다. 내용인 즉 40년 만의 약속이다. 다음엔 금반지 수여식에 이어 술잔이 오가면서 옛 추억담으로 시끌벅적해지면서 분위기는 무르익어 갔다. 술잔이 오가면서 서로가 살아온 날들에 대한 추억들을 쏟아냈다. 광식이의 어려웠던 시절은 정말 가슴을 아프게 했다. 차비가 없어 걸어 다니는가 하면 아이 노트 살 돈이 없어 500원을 빌렸으며 쌀이 없어 굶기까지 했단다. 모두 동병상련으로 쓰라린 가슴을 쓸어내렸다. 경삼이도 물이 펑펑 나오는 지하방에서 서러운 셋방살이를 했다고 했다. 나는 어떠했는가. 생과 사의 갈림길에서 헤매던 어두운 과거가 있지 않았는가? 이제 우리는 저마다 만족스러운 시니어인생에 안착해 있다. 광식이는 건축업 자재를 판매하는 어엿한 사장으로 거듭났고, 음료 회사 지점장까지 하다가 정년퇴직하여 지금은 주류회사에 다니고 있는 경삼이는 두 아들과 함께 3층 집을 지어 살고 있다. 수퍼마켓을 운영하는 나도 두 딸을 연구원과 유치원교사로 성장시켰고 크게 부족함없이 살고 있다. 고진감래(苦盡甘來)라고 했던가. 젊은날의 아픔이 있었기에 세상은 우리에게 다시 희망을 주었나보다.

우리는 우울했던 과거를 벗어버리고자 2차로 노래방으로 자리를 옮겼다. 광식이는 분위기만 맞추었고 경삼이와 나는 노래에 취했다. 경삼이의 처 정옥씨도 한가락 했다. 40년 만에 처음으로 뭉친 세 쌍의 만남은 이렇게 특별하고 즐거웠으며 소중했다. 내년 7월과 8월에는 나와 광식이의 회갑연이 각각 기다리고 있다. 부천과 울산을 오가면서 또다시 즐거운 시간을 갖게 될 것이다.

탁구의 행복

최영례

10년이면 강산도 변한다고 했다. 탁구와 인연을 맺고 있는 나는 십 여년 이상 동호회 활동을 하며 많은 회원들과 함께 지냈다. 고맙고 감사했던 일들도 많았고 안타까운 일들도 많았다. 동호회 실력을 올리려는 가운데 때로는 스트레스를 갖기도 했지만 나름 성취감과 보람, 행복함도 많았다. 그야말로 탁구와 함께 희노애락을 해왔으니 '탁구는 나의 연인이다'는 말을 서슴치않고 하기도 한다.

벌써 4개월 전의 일이다. 시장기배 대회를 앞두고 있었다. 그에 대비하여 동호회 회원들은 열심히 연습을 했고 회장인 나로서는 정성을 다하여 그들을 챙기는 일을 소홀히 할수 없었다. 물론 대회 전 날은 회원들을 격려하며 화합을 다지는 시간도 가졌다. 경기 시 주 의사항 등을 당부하는 것도 잊지 않았다. 그 날 탁구클럽에서 시원 한 맥주를 한잔씩 나눈 후 시합 전날인 만큼 집에 들어가 쉬라고 당 부를 하고 일찍 헤어졌다. 대회 당일 이른 시간 모이는 것이라 아 침식사를 위해 6시 해장국집에서 만나서 식사를 하고 가기로 했다.

드디어 대회 당일 아침 6시 해장국집에 먼저 도착하여 선수들을 기다리고 있었다. 어찌된 일인지 대회에 참가하지 않는 인원만 나 와 해장국을 먹었고 선수들은 보이질 않았다. 열심히 연락을 취하 던 회원이 "관장님 연락이 안되는데요." 하면서 걱정을 했으나 못들 은 척했다. 아니 듣고 싶지 않았다. 마음 속으로는 미리 대회장으로 가서 연습하느라 못받는 것 일수도 있을 거라고 위안을 했다. 약속 을 잊고 대회장소로 바로 갔으리라 믿고 우리 일행은 밥을 먹는 둥 마는 둥하고 대회장으로 달려갔다. 연습으로 얼굴에 구슬땀이 맺혀 있을 회원들의 얼굴을 떠올리며 길을 재촉했다.

대회 장소에 도착해 보니 모든 탁구대에서 벌써 연습을 하느라 애쓰는 다른 선수들이 보였다. 하지만 우리 동호회 선수들은 보이질 않았다. 연습시간이 빠르게 지나가고 있었고 난 갈수록 초조해져 전 화기만 붙들고 있었다. 혹시 이동 중 사고가 난 게 아닌가 싶어 많은 생각들이 머릿속을 힘들게 했지만 그래도 시합 전까지 몇 분 남았 으니 그때까지는 올 거라고 동호회 선수들을 믿었다.

'시간이 이렇게 빨리 가는 구나'라고 생각하는 동안 대회는 시작되었다. 다른 선수들은 대회 시작 후 연락되었으나 다급하게 걸려온 한 통의 전화가 나를 한참 동안 멍하게 만들었다.

"지금 일어났습니다."

부전승으로 게임은 시작되었으나 우리 선수들은 탈락이 불가피했다. 몇 개월을 땀을 흘리며 연습을 했건만 한 사람의 불참으로 경기가 제대로 될 리가 없었다. 나의 탁구 인생의 가장 안타까운 날로 기억 될 것이라는 생각과 함께 몇몇 회원들의 얼굴이 떠오르면서 그들이 야속하기만 했다.

문제는 술이었다. 예상을 했던 일이지만 경기 당일 새벽까지 그들은 폭음에 빠져있던 것이다. 술을 좋아하는 회원들로 인해 가끔씩 인내심을 가져야 하는 날들이 있긴 했으나 이런 사고가 벌어질 줄은 꿈에도 생각하지 못했다. 아무리 회원들을 이해하려고 해도 도무지 이해가 되지 않았다. 뒤늦게 나타난 선수들이 미안하다는 말 한마디로 날 위로하려고 했으나 이미 상처받은 내 가슴이 쉽게 풀리질 않았다. 동호회 소속감이 없어서 일까? 아니면 개인 시합이라 나의 이런 맘은 모르는 걸까? 수많은 생각을 하면서 기본을 잊은 그들과 말없이 일주일이 흘렀다. 나는 애써 다짐을 했다. 그래도 다시 시작하면 된다고. 다음 대회가 또 있다고. 아무 일도 없었던 것처럼 회원들을 포용하고자 했다.

그 후 며칠이 지났을까. 우리 동호회 활동에 부담이 없는 금요일이었다. 친목모임에서 차마 다른 사람에게 입을 열기조차 조심스러운 사고가 발생했다. 또 음주로 인한 사고가 발생했다. 그 사건의

당사자들은 역시 술로 인해 대회에 불참했던 회원들이었다. 친목도 좋지만 술로 인한 끊이지 않는 사고를 막기 위해서는 어떠한 말보다 나의 결심이 필요했다. 나의 인내심은 거기까지였다. 동호회 부회장에게 전화를 걸었다.

"앞으로 볼일 없게 해주세요."

한마디로 내 뜻을 전달했다. 상대방의 기분을 생각하고 망설이고 있었던 내가 결국 스매싱을 날린 것이다. 동호회 부회장이 동생들을 아우르고 행동도 조심시키길 바란 나의 욕심이었을까. 며칠 안 지나서 그 사건의 주인공을 비롯해 탁구 치는 시간보다 술 먹는 시간이 많은 회원 8명이 자신들의 잘못은 모르고 나의 한마디가 서운했던지 단체로 빠져나갔다.

어느 운동이든 운동하는 사람들에겐 기본적으로 지켜야 할 매너가 있다. 경기장 내에서의 매너만이 아니라 사회생활에서도 지켜야 할 기본매너가 있는 것이다. 나는 더 이상 미련이 없었다. 남은 회원들이 재미있게 운동하는 우리 화랑동호회를 만들면 될 일이다. 이 사건을 통해 나는 회원 수 많은 동호회보다 즐겁게 운동하는 동호회가 되길 바라는 마음으로 바뀌었다.

인생은 새옹지마(塞翁之馬)라고 했던가. 회사일로 멀리 전근 갔던 회원들이 다시 돌아오고 신입회원들도 꾸준히 들어왔다. 신입회원들의 실력도 나쁘지 않고 난 요즘 초심으로 돌아가 재미있게 운동하는 화랑동호회의 회원들을 보며 내가 탁구를 처음 시작할 때로 타임머신을 타고 돌아가 본다.

콩닥이의 눈에 비친
연예인

김재희

콩닥이와 쫑닥이를 만난 건 봄꽃이 사그라지고 푸른 잎사귀들이 왕성하게 자라 싱그러움을 선사해 주던 유월의 어느 날이었다. 새로운 브랜드로 곱게 꽃단장을 마치고 오픈한 지 이제 막 일주일이 지날 무렵 나는 그 곳으로 이직을 결심하고 첫 출근을 했다. 칠년 여 동안을 몸담았던 직장에서 오래 전부터 이직을 희망하며 하루하루를 버티던 중 마침내 내가 원하던 곳으로 이직하는 데 성공했다.

직장 생활 수십년을 했음에도 첫 출근 기분은 늘 설레임반 떨림반으로 다가온다. 돌아보니 새로움이란 걸 내 삶에 있어서 끊임없이 이어졌던 것 같다. 첫 출근지에 발을 내딛는 순간 차분하고 안정된 어조로 환한 미소를 머금은 여직원이 먼저 나와 반긴다.

"어서오세요? 네! 안녕하세요~~"

저만치 앞 쪽에 사장님하고 사모님이 나란히 서서 반갑게 맞이 해준다.

"어서오세요. 캔디씨! 콩닥씨! 인사해요. 지난번에 얘기했던 어렵게 스카웃해 영입한 베테랑 직원입니다. 패션계의 슈퍼우먼이예요. 능력 빵빵한 경력이란 꼬리표 달고 스카웃트 된 직원 한 사람 올 거라고 했죠!"

"처음 뵙겠습니다. 앞으로 잘 부탁 드릴께요?"

"어머, 아니예요. 제가 오히려 잘 봐달라고 부탁을 드려야 할 것 같은데요."

"이 분야에서 워낙 능력이 뛰어난 분이라고 얘기 들었어요."

어쨌거나 오너 되는 분이 나를 잘 봐 준 덕에 이렇게 출근과 동시에 비행기를 타는 그런 기분이었다. 그때였다. 위 층에서 반짝이는 대리석 계단을 뚜벅뚜벅 내려오는 발자국 소리가 들렸다. 키가 커다랗고 긴 생머리를 양쪽으로 늘어뜨린 여성이었다. 새로 입사한 신입사원이니 잘 좀 부탁한다고 말했다. 그러자 존칭 내리고 편안하게 대해주셔도 된다면서 자신을 콩닥이라고 소개했다.

"근데 너무 멋져요! 꼭 연예인 같아요. 같은 의류업계 종사하는데 저랑은 완전 달라서 많이 배워야 할 것 같아요. 특히나 옷 입는 센스부터요. 잘 좀 가르켜 주세요. 겸손한 말투에 애교까지 버무려져 참 예뻐 보였다."

일하는 공간에서는 존칭을 사용해야 하기에 통상적인 표현으로 콩닥씨라고 부르겠다고 했다. 콩닥씨와 인사 나누는 사이로 쌍꺼풀이 짙고 피부는 하얀데다 기가 조금 세 보이지만 아담한 키의 또 다른 직원이 콩닥씨와 쫑닥씨의 스타일과는 전혀 다른 분위기로 터프하게 인사를 건네온다.

"안녕하세요. 짱똘이라고 합니다."

서있는 자세부터가 약간 걸렁한 짝다리를 하고선 마치 당장에 시비라도 붙을 듯한 표정으로 거기는 이름이 뭐냐고 묻는다. 첫 대면에 뭐 이런 게 다 있어 싶었다. 하지만 차분한 어조로 마른 목에 침을 한 바퀴 돌려 삼키고 인사를 나눴다. 통성명을 끝낸 후 손님들에게 한 눈에 어필되어 잘 팔릴 수 있는 디자인의 옷을 갈아입고 곧장 맡은 바 업무에 몰두하기 시작했다.

새로 접하는 브랜드다 보니 옷 스타일도 눈에 안 들어오고 품번도 낯설게 느껴졌다. 하지만 의외로 금액은 반복되는 숫자가 많아 구분하기가 수월할 것 같았다. 그런데 또 한 가지 부딪히는 벽은 50%, 60%, 70% 각각 상품마다 할인율이 다르기 때문에 또 한번 혼돈의 도가니에 빠져들지 않을 수가 없다. 역시 역사와 노하우가 오래되지 않은 탓인지 전에 다니던 회사보다 규모면에서 하위 서열은 아닌데도 불구하고 뭔가 시스템상의 문제점들이 한 눈에 드러났다. 전산도 업그레이드 작업을 거쳐야 되겠고 여러 가지가 낯설고 하루가 어떻게 지났는지 모르게 훌쩍 널뛰기 하듯 건너뛰었다.

다음날도 여전히 출근길이 떨린다. 옷의 스타일과 품번들을 다 외우고 눈에 익혔더라면 훨씬 자신감이 차 오를텐데 모든 것이 생소하고 새로 접하다보니 아직은 내가 갖고 있는 최대한의 능력을 발휘할 수가 없다. 그런데도 특이한 점은 직원들 모두가 착하고 능력있고 일도 척척 잘 해낸다는 것이다. 서로 위로해 주고 칭찬해 주면서 분위기가 화기애애한 것이 전에 다니던 직장에서는 찾아볼 수 없는 말 그대로 가족같은 분위기를 새롭게 발견한 것이다. 물론 첫인상에 껌 씹던 직원이 떠나고서 말이다. 나중에야 안 사실이지만 그녀는 직원들 사이에서 이간질의 아이콘이었단다. 처음이라서 조금은 서툰 내게도 따뜻하게 손 내밀어 주고 적극적으로 적응하게 도움을 아끼지 않는 심성들이 참 인상 깊고 따뜻하게 다가왔다. 하루의 고된 일과를 마치고 돌아가는 퇴근시간이면 수고했다는 인사와 더불어 안아주며 다독여주는 품성 좋은 모습이 흐뭇하고 좋다. 정신없이 일주일이 지나고 첫 번째 맞는 휴무를 맞이했지만 아직은 낯선 일머리가 발목을 잡는 관계로 편히 쉴 수만은 없었다.

잠시 잠자던 감각과 자신감이 조금씩 꿈틀대며 내 안에서 살아나기 시작했다. 오너도 역시 오래 숙련된 관록이 묻어나는 경력자라서 일의 흐름을 빨리 익힌다며 스카웃하기를 잘 한 선택이라며 칭찬 일색이다. 오히려 나의 입사로 인해 직장 내 분위기가 더욱 살아나서 활기차고 좋단다. 아직 능력있는 현역임이 입증되는 현명한 삶의 지혜를 폭풍처럼 쏟아낼 수 있는 기회다. 함께하는 동료들에게 모범을 보여줘서 서로가 감사하단다. 정말 다행스런 일이었다. 최고 연장자이고 어린 직원들도 모두 이 분야에서는 최고로 손꼽힐만한 베테랑들인데 내가 오히려 다른 직원들한테 밀리게 되어 누가 되면 어쩌나 염려를 했는데 다행스럽게 그건 아니라는 호의적인 답들이 돌아왔다.

제일 막내인 콩닥이는 언니가 자기 눈에는 최고의 연예인이란다. 항상 멋진 패션스타일에 늘 물질과 마음을 아낌없이 베풀어주고 힘들 땐 현명한 지혜로움을 발휘해 다독이고 서로의 장점을 부각시켜주며 보듬어 줄줄 아는 여유로운 삶이 본받고 싶을 만큼 존경스럽단다. 언니가 아니었다면 짧은 식견에 섣불리 판단하고 결정내리고 혼자서 다시 후회하는 시간을 가졌을 거란다. 특히 귀에 꽂힌 충고 중 몽돌이야기가 가슴에 와 닿아 다시 한번 생각하고 다지게 되었단다. 뾰족하고 각지고 저마다 다른 모양의 거칠던 돌들이 둥글고 예쁜 모양으로 만들어지기까지 얼마나 많은 시련과 아픔을 참아내며 깎이는 사연을 담았겠냐는 조언을 해주었던 터였다. 우리가 살아가는 삶도 힘들고 고단할지라도 인고의 시간을 거쳐야만이 단단해지고 성숙되는 자신을 발견할 수 있고 내가 아닌 상대방도 이해할 줄 아는 넓은 아량을 지니게 되는 큰 그릇이 되는 거라고. 또 어떤 곳에서 직장생활을 한들 그만한 충돌과 부딪힘 없이 견딜수 있을 거란 나약한 마음이 문제이니 그걸 깨달았으면 스스로 고치려는 마음자세를 갖추는 일이 중요하다는 지적질적인 충고를 건넸었다.

신규 매장이라서 일도 많고 서툴고 거기다 새로 만난 직원들과 커뮤니케이션이 되지 않아 내가 입사하기 전 서로가 약간의 충돌이 발생했었던 모양이다. 그때 곧바로 분노조절이 부족해 사표 던지려던 순간 며칠간 연이어 설득하고 조언해줘서 마음을 다잡을 수 있었다며 고맙고 감사하단다. 인생 선배로서 또 삶의 경험자로서 짧은 몇마디 해줬을 뿐인데. 앞으로 우리는 한 배를 탔으니 함께 오래도록 끝까지 가보도록 서로가 노력을 기울이고 더욱 보듬고 다독여주며 나아가야겠다는 생각을 한다.

참 예쁜 동생들 품성이 바르고 모두를 다 갖춘 흠 잡을 데가 없을 만큼 능력있는 직원들을 만날 수 있는지 오너는 로또복권 맞은 것만큼이나 큰 행운을 얻은 것 같다. 하긴 오너의 성품 또한 유순하고 악질적이지 않으니 좋은 기회가 주어졌으리라. 직원들이 근무하는 동안 필요로 하는 건 표현하지 않아도 뒤에서 완벽한 서포트를 아낌없이 해주니 그저 감사할 따름이다. 지금의 제도가 당연한 것임에도 불구하고 이직 전에는 받아보지 못했던 처우이니 젊은 사장님의 사업성 마인드가 역시 제대로 갖춰진 것 같아 마음이 든든해진다. 이런 오너의 리더십에 보답하고자 직원들은 더욱 힘을 내 열심히 하려는 의욕이 충만하다. 참 아름다운 일터임이 느껴져 행복한 하루하루를 보낸다.

콩닥이는 오늘도 퇴근길에 이런 문자를 남길 것이다.

'나만의 연예인님 캔디언니~~'

1년 내내 나에겐 뜨거웠던
그해 여름

류인록

42년 전이었다. 내 나이 스물아홉 시절이던 1975년 4월 23일 중동행 비행기에 올랐다. 결혼 5개월 된 나는 무심하게도 아내를 시골 부모님과 형수에게 맡기고 떠났다. 어쩔 수 없는 선택이었다. 군에 가기 전에 건설 현장을 전전하며 모은 돈은 고향집이 어려워 그때그때 보내주었고 부모님의 권유로 아무런 준비 없이 결혼한터라 어디든지 돈 벌이가 된다면 나는 떠나야 했었다. 그 시절에는 해외 건설 현장이 많지 않았다. 나는 군에 가기 전 건설현장에서 같이 일하던 사람으로부터 소개를 받아 어렵지 않게 해외취업을 할 수 있

었다. 당시에는 해외취업 조건이 까다로웠다. 회사가 지정해준 병원에서 신체검사에 통과는 물론 그때에는 연좌제가 있어 집안에 좌익에 복역한 사람이 있으면 신원조회에 걸려 해외여행을 할 수 없었던 터였고 일 년 계약을 못 채우고 오는 경우 항공료를 변상해야 했기에 재정 보증을 세워야 했었다. 그 시절 고향 면 단위에서 독일 광부나 간호사로 취업한 사람은 있어도 중동 취업은 내가 최초라고 했다.

건설회사에서 여행 시 참고할 사항에 대한 교육을 받고 여비 100불과 비행기 티켓을 받아든 일행 16명은 김포공항에서 대한항공 비행기를 탔다. 일행 중 월남에 취업했던 경험이 있었던 사람이 인솔자 역을 맡았다. 그때는 직항로가 없었기에 오사카와 대만을 거쳐 방콕에 도착했다. 여기까지가 당시 대한항공 노선이었다.

"아저씨들 우리는 여기서 서울로 돌아갑니다. 건강한 몸으로 돈 많이 벌어오세요." 그날 가슴을 찡하게 한 스튜어디스들의 인사가 아직도 귓전에 생생하다. 네델란드 항공사 KLM항공기로 환승하여 파키스탄의 카라치를 경유해 레바논에 도착하여 호텔로 이동했다. 아침 늦은 시간이었다. 대기 시간이 10시간 정도였던 것 같다. 레바논은 북한과도 수교하는 나라였다. 북한은 대사관이 있었지만 우리나라는 영사관이었다고 했다. 우리가 가고 있는 사우디는 금주의 나라이기에 술 반입이 금지된 나라이다. 우리들은 기내에서 면세품으로 '죠니워커' 두 병씩을 샀다. 그곳 마트에서 한 병에 15불을 받고 팔아서 이윤을 남겼고 호텔에서 일부의 양주를 즐기며 시간을 보냈으며, 호텔은 바다를 끼고 있었기에 언어는 통하지 않았지만 말로만

들던 지중해 바닷물에 발을 담그고 손을 씻어보기도 했다.

해질 무렵 베이루트 공항에서 사우디 항공사 비행기에 탑승했다. 홍해바다를 끼고 있는 사우디 제2의 도시 '제다'에 도착하여 회사 지점에서 하룻밤을 지내고 육로를 이용해 '움라지'라는 곳에 있는 현장에 도착했다. 그곳은 홍해바다를 끼고 있는 시골 면 단위의 마을이었고 우리 회사는 그곳에서 북으로 '다북'이라는 도시까지 이어지는 87km의 도로공사를 하고 있었다. 사막의 나라 도로 공사에도 교량이 있었고 암거가 있었다. 좀처럼 비가 내리지는 않지만 폭우가 쏟아질 때를 대비한 것이다. 날씨는 더웠지만 한낮에는 에어컨 시설이 갖추어진 숙소에서 보낼 수 있었고 그곳 생활에 곧 잘 적응했다. 80여km 먼 거리에 있는 오아시스에서 물을 길어다 썼지만 부족함이 없었고 김치는 없었지만 구내식당에서 제공하는 식사도 곧잘 적응했다.

그 시절 한국에서 하루 일당이 2,000원이었으니 한 달에 5만 원 벌기도 힘들었을 때였다. 우리는 월 300불 그때는 환율이 고정 483원이었다. 약 15만 원의 월급을 받았다. 매주 금요일은 휴일이었다. 이슬람교를 믿는 나라였기에 금요일은 '모스크'에 나가 예배를 드리는 날이었다. 우리는 가까이 있는 홍해바다에서 수영도 즐기고 고기도 잡아 싱싱한 회를 즐기기도 했다. 때로는 일거리가 많아 잔업을 해 그곳에서 쓸 수 있는 돈을 벌었기에 월급은 전액 송금할 수 있었다.

밤이면 아랍어 공부를 했다. 직원 중에 노무직을 맡고 있는 사원이 외국어대 아랍어과를 나왔기에 우리글로 아랍어를 배우는 것이었다. 당시 우리 회사에 취업한 외국 근로자들은 '예멘' 사람들이었다. 그 사람들을 리더 하려면 기초적인 아랍어는 필수였다. 배운 아랍어로 그들과 의사소통이 될 때는 마음 뿌듯하기도 했다. 나는 녹음기를 구입해 아랍어 공부시간에 녹음을 해 남달리 열심히 배웠었다. 근면 성실하게 일을 했고 '예멘'인 들과도 의사소통을 잘했기에 근로자 표창장을 받기도 했다.

우리는 위문편지를 받기도 했다. 당시 우리 회사는 한진그룹이었기에 대한항공, 한진고속버스 등 여직원들이 많았다. 그들에게 열사의 나라에서 힘들게 일하는 해외 취업자들을 위한 위문편지를 부탁했단다. 우리들은 그 편지들을 한데 철해놓고 읽으며 고국의 향수를 달래기도 했다.

그곳에는 일 년 내내 비가 내리지 않았었다. 그러나 아침에 일어나 보면 숙소 처마 밑에는 마치 비가 온 것처럼 이슬이 내렸었다. 그렇기에 낙타들과 양떼를 기르는 유목민들이 있었고 그들이 기르는 양과 낙타고기를 먹을 수 있었으며 홍해바다에 서식하는 '랍스타'(아랍어로는 '자람보'라고 불렀다)를 잡아먹기도 했다. 지금도 국내는 수입해온 '랍스타' 가격이 비싼 편이지만 그 시절 심심치 않게 돈 한 푼 들이지 않고 즐길 수도 있었다. 한편 수입해온 열대 과일들은 가격이 우리나라보다는 워낙 싼 가격이었기에 마음껏 과일도 즐길 수 있었다. 우리가 건설했던 도로 끝 '다북'이라는 곳은 요르단과 국경이었다. 초소에는 두 명의 보초가 있었는데 국경을 넘어 요르단 땅을 밟아 보고 싶어 말을 건네자 쾌히 들어갔다 오라고

해 요르단 땅도 밟아본 추억이 생각난다.

　이런 일도 있었다. 도로공사 측량을 하던 측량 기사 2명과 주임이 양떼를 몰고 가는 여인네에게 길을 물었던 것이 화근이 되었다. 그 여인은 남편에게 우리 회사 직원들이 성희롱을 했다며 남편에게 말했고 남편은 '움라지' 경찰서에 신고해서 경찰이 직원 3명을 연행해 갔다. 그들은 경찰서 구치소에서 지내야 했고 우리들은 목요일 밤에 면회를 가기도 했다. 다행히 구치소에 갇히기는 했어도 그곳에서는 자유로운 편이었다. 우리는 여러 명이 면회를 가서 같이 보내다가 끝나고 올 때는 우리 회사 유니폼 입은 사람 셋만 남으면 되었다. 교대를 하는 것이었다. 우리가 흑인들을 보면 분간하기 어렵듯이 그들도 알아차리지 못했다. 그래서 숙소에 와서 샤워도 하고 쉬었다가 다음날 면회 가는 것처럼 가서 교대를 하기도 했던 것이다. 그들은 형벌로 우리 현장숙소에서 회사원들이 보는 앞에서 회초리 36대씩을 때리고 사건을 마무리했다. 그곳 현지인들은 그들 기사들을 보고 '씻따 딸라틴'이라고 불렀다. 아랍어로 36이라는 말이었다. 갑질을 당한 것이다.

　세월이 흘러 1년 계약기간이 되었지만 회사에서 공사가 마무리 될 때까지 연장 근무를 하라고 권했다. 나는 쾌히 승낙하고 4개월 동안 연장 근무를 하고 월급 이외 항공료의 12분의 4를 받았으며 재취업할 수 있는 고가점수를 받고 1차의 해외 생활을 마쳤다. 물론 그 후로도 나는 4차례 더 중동 그 열사의 나라에서 총 8년 2개월간 그곳 생활을 했다. 그 덕에 중년에는 생활의 기반을 다져놓을 수 있었다.

젊어서 고생은 사서도 한다고 했다. 요즘 39도를 넘을 만큼 한반도의 여름이 달아오르고 있다. 모두들 더워서 지치고 힘들다고 아우성이다. 젊은 시절 이미 그보다도 더 뜨겁던 건설현장에서 일했던 나로서는 과거를 회상하며 '여름 더위쯤이야.' 하고 일상생활에 늘 긍정적으로 인생 이모작에 즐거운 마음으로 임하고 있다.

머리로 하는 장사,
가슴으로 하는 장사

송민경

차가운 새벽 공기를 밀치며 서둘러 목포행 KTX에 몸을 실었다. 미처 못 챙긴 아침 때문인지 전 날 마신 폭탄 주 때문인지 간간이 위에서 용트림을 한다. 어쩌라고? 혼자 중얼거리며 정읍 땅에 발을 디뎠다.

출장길은 늘 마음이 분주하다. 바삐 다니다 보니 어느새 점심시간이 지났다. 배고플 때도 됐으니 맛난 음식 맛보게 해주겠다고 뱃속을 달래면서 생면부지 마을에서 두리번거리며 식당을 찾았다. 반갑게 눈에 들어온 것은 한정식 집. 마치 고향집을 찾은 듯한 벅찬 마음으로 세련되지 않은 미닫이문을 밀치고 들어섰다.

"몇 명이세요?"

주인인 듯한 남자가 표정 없는 얼굴로 인원 수부터 확인했다.

"저 혼자인데요."

"1인분은 안 파는데요."

순간 '헉!' 하는 소리가 저절로 나왔다. 바야흐로 혼밥시대라는 것을 모르는 것 같아서 메뉴에 가정식 백반이라 쓰여 있는데 그것도 안 되냐고 물었다. 게다가 아침도 안 먹고 왔더니 배가 고파서 찾아왔다는 후렴을 이어갔지만 남자는 매몰차게 못 박듯이 말했다.

"우린 1인분은 안 팝니다."

영혼 없이 들리는 레코드 판 같은 말소리만 냉랭히 내 귀에 꽂혔다. 굶주린 배를 안고 서운함을 털어 놓고 앉지도 못하고 서둘러 그곳을 나왔다. 퇴짜 맞은 묘한 기분을 안고 배를 채워 줄 식당을 찾았지만 마땅한 음식점이 보이지 않았다. '그래, 한 끼 안 챙긴다고 큰 일 나는 것도 아닌데…….'라는 심정으로 마음을 비우고 다음 갈 곳을 향해 돌아 서는데 '자연이래 쌍화탕'이라고 쓰인 찻집 간판이 눈에 들어왔다. 그리고 그 위 하얀 플랜카드 사이에 '누룽지 드립니다!'라고 쓰인 글씨가 내 마음을 잡아끌었다. 찻집에서 누룽지를 준다니 신기하다는 느낌과 동시에 끓인 누룽지를 먹으면 뒤틀리는 속이 가라앉지 않을까 싶어서 문을 밀치고 들어갔다.

"어서 오세요."

그야말로 전에 들른 식당과는 영 딴판이다. 허리 숙여 인사하며 정중히 맞이하는 크지 않은 남자가 눈앞에 서 있었다.

"저 죄송하지만 제가 속이 많이 아파서 그런데 누룽지 좀 먹을 수 있을까요?"

찻집에서 누룽지를 찾는 황당한 손님 앞에서 그는 전혀 당황함 없이 미소 가득한 얼굴로 대했다.

"그러세요, 손님. 끓여 드릴게요. 그런데 누룽지 값은 안 받습니다."

"아니 왜요? 그러면 제가 넘 죄송하죠."

"원래 우리는 찻집인데 누룽지는 대화하시며 집어 드시라고 서비스로 나오는 거예요 그런데 저희가 끓여 드릴 테니 그냥 편히 드시고 쉬었다 가세요."

'와~ 이럴 수가'라는 감탄사가 입안에서 요동치면서 너무도 큰 감동이 밀려왔다. 손님도 별로 없는데 있는 메뉴도 혼자라고 안 파는 이기적인 전 식당 주인과 달리 없는 메뉴도 손님 마음을 헤아려 끓여 주겠다는 찻집 주인을 만나니 상처 받았던 마음에 꽃이 피는 느낌이다. 똑 같은 장사를 하는 사람인데 이렇게 다르다니.

잠시 기다리며 주변을 보니 찻집이라기보다 갤러리에 앉아 있는 느낌이다. 벽에는 다양하고 깊이 있는 꽃 그림이 숨 쉬듯 걸려있었고 홀 가운데는 옛날 학창시절을 떠올리는 둥근 난로가 따뜻한 열기로 주변을 온기로 데워주고 있었다. 학창시절 난로 위에 도시락을 수북이 얹어 놓아 덥히던 추억이 떠올라 마음은 한결 더 따뜻해져갔다. 몇 배 강한 열을 내 뿜는 전기 히터보다 석탄 난로나 나무 난로

가 가끔 그리운 것은 조금은 불편하지만 우리의 정과 추억을 끌어
당겨 주는 느낌 때문이리라. 지난날을 더듬으며 열 손가락을 펴 난
로의 온기를 온몸으로 받으니 안방만큼이나 편안해졌다.

20분쯤 후 주인은 누룽지를 푹 끓여 쟁반에 정갈히 받쳐 직접
들고 나왔다.

"손님 죄송해요. 여긴 찻집이라 냄새 때문에 김치가 없어서 김 가
루를 가져왔어요. 괜찮으시겠어요?"

"황송하죠. 없는 메뉴 부탁한 것도 넘 죄송한데요."

다 먹어 갈쯤 다시 한 그릇을 더 드시라며 갖다 놓았다. 찻집이라
그릇이 작아 조금밖에 못 담았다는 말을 덧붙이며. 감사하게 너무도
잘 먹었다. 누룽지 때문인지 따뜻한 사랑 때문인지 편안해진 위를 느
끼며 누룽지 값을 꼭 드리고 싶다고 하자 그러면 배가 불러서 차를
마실 수 없으니 차를 싸주겠단다. 작은 쇼핑백에 3팩을 담은 쌍화차
가 가지런히 담겨있었다. 뭐가 이리 많냐고 하자 차 두 봉지에 꾸미
한 봉지 넣었으니 집에 가서 잘 데워 꾸미 얹어 마시라며 친절히 안
내까지 해준다. 너무 고마워 만 원짜리 지폐를 건네주었더니 돈을
다 받으면 자신의 순수한 뜻이 희석된다며 찻값만 받겠다며 거스름
돈을 돌려주었다. 이익만을 쫓는 장사를 하는 게 아니라 사람을 남
기는 사업을 한다는 생각이 들었다. 종업원이 컵을 깨뜨렸을 때 컵
이 아까워 종업원을 꾸지람하면 장사꾼이고, 어디 다친 데 없니 하
고 물으면 사업가라던 누군가의 말이 떠올랐다.

내가 머문 자리를 소중히 생각하며 잠시 스쳐가는 인연이 아니

라 영원히 함께 할 인연이라 생각하고, 오늘 대하는 사람이 남이 아니라 우리 가족이라 생각한다면 순간순간이 소중하고 사람을 대하는 마음이 따뜻해지리라.

나는 스치는 누군가에게 이런 진한 감동과 사랑을 나누어 준 적이 있던가?……. 예기치 못한 곳에서 받은 작은 감동은 하루 종일 나의 마음을 풍성하게 해줬다. 소중한 큰 깨달음을 듬뿍 안고 행복한 마음으로 그곳을 나왔다. 밖에는 함박눈이 탐스럽게 펑펑 쏟아지고 있었다.

일주일 후 다시 정읍으로 출장을 간 나는 서둘러 일을 마친 후 일부러 친구를 그 찻집으로 불렀다. 다시 가보고 싶었다. 이웃동네 사는 친구는 이미 그 찻집의 맛과 친절함을 알고 있었다. 그런데 내오는 찻상을 보고 다시 한 번 놀랐다. 차가 나오기 전에 기다리며 까먹으라고 맛난 땅콩이 한 소꿉 나오더니 잠시 후 큰 찻상에 직접 달인 찐한 쌍화차에 떡볶이 꽂이 구이가 4개 나오고 맛난 하우스 귤 2개에 구수한 누룽지 한 접시 그리고 볶은 알 땅콩이 접시 한 가득 담겨 나오는 게 아닌가? 오랜만에 친정에 온 딸을 위해 감춰두었던 맛있는 음식을 한 광주리 내오시는 엄마의 사랑 같은 따뜻함과 진한 감동이 몰려왔다.

요즘 장사가 안 된다고 모두 난리다. 그런데 이곳 차 값은 결코 싸지 않은데도 사람들이 적지 않다. 절대 비싸다고 느끼지 않게 하는 찻상과 주인의 정성, 그리고 따뜻한 마음과 사랑 때문이리라. 돈이 먼저가 아니고 사람이 먼저라는 것을 느끼게 해준 정읍의 '자연이래 쌍화탕' 집과 그 찻집을 운영하는 젊은 남자 사장님! 다시 가고 싶고 다시 만나고 싶은 아름다운 착한 가게 좋은 주인이란 생각이 든다.

어느새 올해도 반을 훌쩍 넘어 추석이 다가온다. 나도 그 찻집 사람들처럼 스치는 인연일지라도 훈훈한 향기 줄 수 있는 사람이 되어야겠다는 다짐과 함께 내 머릿속에는 또 하나의 진리가 줄을 긋는다. 어떤 이는 머리로 장사를 하고 또 어떤 이는 가슴으로 장사를 한다는 것이다. 내가 장사를 하게 된다면 당연히 후자의 길을 택하리라.

허망한 꿈

이복례

3년 전 일이었다. 한 해가 마무리되는 달이어서 그런지 친구와 지인들의 소식이 궁금하던 참이었다. 저녁 6시 퇴근을 하려고 사무실을 나와 엘리베이터에 탔는데 주머니 속에서 진동음이 울렸다. j의 전화였다.

"너에게 전해줄 좋은 소식이 있는데……. 전화로는 그렇고 조만간 한 번 만나자."

그녀의 목소리는 깃털처럼 부드럽고 구름처럼 들떠있었다. 무언가 잔뜩 흥분되어 있는 듯한 느낌이었다. 거리엔 제법 큰 눈꽃송이가 가로등 불빛에 비쳐 황홀했다. 벚꽃 잎이 흩날리듯 화려해 보이고 나의 마음도 무슨 좋은 일이 있을 것 같은 기대감에 들떴다. 무슨 일인지 친구가 말한 좋은 소식이 자꾸만 궁금해졌다.

우리가 알게 된 것은 K홈쇼핑에서 함께 일 하면서다. 그녀는 대구에서 태어나 결혼하고 아이들을 키우면서 보습학원을 하며 돈을 많이 벌었다고 했다. 남편이 건설분야 사업을 하면서 시댁 근처인 인천으로 이사를 오게 됐다는 얘기를 들었다. 나보다 먼저 입사한 그녀는 친절하게 업무 설명도 해주고 도시락을 싸와서 같이 점심을 먹고 내 옆자리에서 일했다. 같은 또래인데다 성격도 비슷해 쉽게 친해져 점심시간 휴식시간 퇴근 때 늘 껌딱지처럼 같이 다녔다. 일이 안될 때는 옥상에서 눈앞에 보이는 풍경을 보며 일의 고충을 꺼내놓고 문제의 해결점도 찾아보고 위로와 격려를 하며 지냈다. 일이 힘들어지면서 친구가 먼저 사표를 내고 나도 몇 달 후 그만두었다. 그 후로 가끔 전화를 해서 목소리도 듣고 수다도 떨며 만나서 식사와 차도 마시며 지냈다.

며칠 후 일을 마치고 지하철 역 근처에 있는 약속 장소로 들어서니 먼저 와서 기다리던 그녀가 활짝 웃으며 반갑게 맞이했다. 샤브샤브를 맛있게 먹으면서 이야기를 꺼냈다. 차이나 스타펀드인데 중국에 있는 큰 기업이고 우리나라 은행처럼 신뢰할 수 있는 회사라고 했다. 서버도 8개 나라에서 관리하기 때문에 쉽게 웹사이트를 닫을 수 없단다. 매일 3%의 수익률이 발생해 적립을 하든지 달러로 환전을 하면 3일 후 내 통장에 입금이 된다고. 중국의 잘나가는 기업들에 투자를 하므로 큰 이익을 얻는 게 가능하다는 거였다. 투자한 지 한 달 정도 되어간다면서 핸드백에서 통장을 꺼내 보여줬다. 시간이나 금액이 정확하게 들어와 돈이 또박또박 쌓여지고 있었다.

"얘, 좋은 기회이니 놓치지 말고 투자해. 인생에 기회는 세 번 온다는데……."

"그러게. 근데 나는 펀드 같은 건 해본 적이 없어서……."

"너도 내 성격 잘 알잖아. 물건 하나를 사더라도 꼼꼼하게 시장조사하고 따져보고 하는 거. 마음 안내키면 센터에 와서 들어보고 소액으로 시작해봐."

난 고생해서 얻는 것이 진정한 소득으로 알고 열심히 일 해왔기 때문에 공짜를 좋아하지 않는다. 그래서인지 수익률이 많이 나는 것은 함정이 있는 게 아닐까 하는 의문도 생기고 다른 한편으로는 정말 좋은 기회일까 하는 호기심도 생겼다. 여러 가지 복잡한 생각을 하다가 소액으로 시작해보자 결론을 내리고 다음날 점심식사를 하고 회사 계좌로 110만 원을 입금했다. 은행 마감 시간에 내 계좌로 들어가니 3% 수익이 발생했다. 정말로 신기하고 즐거웠다. 퇴근 후 중동역 근처에서 친구를 만나 앞 건물 3층 센터에 들어가니 몇 개의 테이블과 의자 그리고 칠판이 있었고 사람들로 꽉 차 있었다. 시작한 지 몇 달이 되었고 얼마를 벌었다는 얘기가 여기저기서 들렸다.

일주일이 지나고 센터를 드나들며 즐거웠다. 소액이라 금액이 크게 늘어나지 않아서 카드대출을 해서 1100만 원으로 올렸다. 매일 은행 마감 시간이 기다려지고 내 구좌에 3%가 들어오면 하루는

3%가 적립되고 다음날은 3%가 환전됐다. 3일 후엔 수수료 빼고 입금되는 식으로 통장에 돈이 들어왔다. 좋은 기회를 잡으라고 권유할만한 지인들을 생각해보니 가장 친한 친구가 떠올랐다. A에게 전화를 걸어 설명을 했다. 피아노 레슨을 하는데 학생이 떨어져 힘든 상태였던 그녀는 나를 믿고 돈을 보낼테니 알아서 관리해 달라면서 이튿날 660만 원을 보내왔다. 자기 엄마에게 말해서 부모님 용돈까지 330만원을 보내오기도 했다. 그 무렵 친동생에게도 소개했다. 사업을 하는데 세금 폭탄을 맞아 형편이 어렵다는 얘기를 듣고 전화를 걸었더니 이튿날 센터로 직접 찾아왔다. 자세한 설명을 들어 보더니 며칠 후 적금까지 털고 약관 대출을 해 1100만 원 구좌를 텄다. 사무실 옆에서 지켜보던 언니는 걱정을 하면서도 시간이 지나면서 660만 원을 투자했다. 그러면서 또 한 달이 지나갔다.

욕심이 생기면서 1년 후에 작은 아파트를 사려는 계획을 세웠다. 최대한 대출을 해서 투자금을 늘리자는 생각으로 카드대출을 1100만 원 받아서 입금했다. 그날 밤 잠이 들었는데 마을에 있는 냇가에 흙탕물이 가득하고 큰 물고기들이 죽어 둥둥 떠다니는 게 아닌가. 나는 너무 아까운 나머지 방금 죽은 거니 먹어도 되겠다고 말하면서 물고기들을 열심히 광주리에 담았다. 꿈에서 깨어났는데 너무도 선명한 꿈의 기억 때문에 기분이 안좋았다. 무슨 일이 있으려나 근심이 되었다. 그날 은행 마감 시간이 되어 수익률을 확인해보니 1%로 떨어져 들어왔다. 센터장 동생에게 전화를 했더니 그래서 더 안전하게 오래가는 거라고 했다. 힘이 푹 빠지며 내년쯤 아파트 계획이 더 길어지겠다는 생각을 했다.

　사흘 후였다. 은행마감 시간에 구좌가 열리지 않았다. '아 이거 였는가' 하는 동시에 꿈이 생각났다. 가슴이 덜컹 내려 앉았다. 센터장도 동생도 전화가 안됐다. 마침 친구와 통화가 되어 물어보니 서버에 이상이 생겨 알아보고 있다는 거였다. 순간 불안과 두려움을 넘어 슬픔에 휩싸이기 시작했다. 의심스러웠던 부분들이 현실로 다가오는구나 싶었다.

　일을 끝내고 센터로 달려갔다. 여기저기서 욕하며 소리치는 사람들, 의자를 던지고 멱살을 잡고 싸우는 사람들. 그야말로 난장판이었다. 센터장은 그 쪽 연락을 기다리고 있으니 기다리라고만 했다. 친구 라인에는 그녀가 아는 동생과 소개한 지인들 중 5500만 원에서 1억 원을 투자한 사람이 여럿 있었다. 그 중 몇 명의 남자들이 센터장을 만나 해결점을 찾아보려고 했으나 자신들도 피해자라면서 한 푼도 줄 수가 없다고 했다. 결국 몸싸움이 벌어져 경찰에 신고가 들어가고 저녁 뉴스에 보도되는 지경에 이르렀다.

　그제서야 정신이 들었다. 내 욕심 때문에 큰 빚을 지게 되었고 좋은 친구와 동생 그리고 지인에게 큰 고통을 주게 된 것이 너무 괴로웠다. 언제나 도움을 주고 날 걱정해 주고 사랑하는 이들에게 큰 상처를 남겼구나 하는 생각에 가슴을 치며 엉엉 울었다. 베개에 머리만 닿으면 금방 잠이 들어 버리는 내가 밤마다 잠을 이루지 못하고 숨죽여 울었다. 1800만 원 정도의 빚을 갚으려면 2년여의 시간과 투잡 쓰리잡을 하며 다시 고달픈 삶을 살아야 된다고 생각하니

기가 막혔다. 주말을 즐기게 된 여유도 얼마 안 되었는데 다시 거슬러 과거로 돌아가다니…….

그 후 주말도 없이 식당 써빙도 하고 공장일도 하며 일이 있는 곳이라면 가리지 않고 달려갔다. 그리고 2년이 지났다. 빚을 다 갚게 되었지만 마음 한 켠은 아직도 시리고 아프다.

뒤늦게서야 이런 말이 내게 들려왔다. '내 속에 사기성이 있는 사람이 사기를 당하는 것이라고'. 생각해 보니 맞는 말씀이다. 수고하지도 않고 얻으려 했던 나의 마음이 부끄러웠다. 처음이자 마지막 허황된 꿈은 가슴에 큰 상처와 교훈을 주었다. 오늘도 나는 되새긴다. 땀 흘리지 않고 쉽게 버는 돈은 누군가에게 상처가 되고 나 자신 또한 망가지는 지름길이라는 것을.

좌충우돌 집 사기

채리경

부동산에 갔다. 중개사는 친절했다. 그런데도 나는 그가 미덥지 않다. 그건 아마도 나의 오래전 기억 때문일 것이다.

17년 전! 사랑 하나만 생각하고 안암동 변두리 허름한 식당 담벼락에 붙은 판잣집에서 신혼살림을 시작했다. 홀시어머니를 모시고 식당 배달하는 남편과 살면서 뭐가 그리 좋았을까? 콩깍지도 보통 콩깍지가 쓰인 게 아닌 것이다. 남들 보기엔 열악하고 힘들어 보이는 새댁의 삶이지만 행복했다. 적어도 그 일이 있기 전까진 그랬다.

이른 아침이었다. 7시쯤 되었을까? 주섬주섬 옷을 입고 식당으로 나가려는데 밖에서 쿵쿵 소리가 나더니 느닷없이 집 벽이 무너졌다. 밝아오는 아침 하늘이 뚫린 벽 사이로 훤하게 보이고 단출한 살림에 돌가루가 내려앉았다. 놀란 남편이 뛰어나갔다. 담장 주인이 담장개보수 공사를 하고 있었다. 졸지에 살 곳이 없어진 우리는 급히 방을 구하러 다녔다. 가진 돈에 맞춰 방을 구하다 보니 방 한 개짜리 반지하방을 구할 수 있었다. 어렵게 구한 그 집은 대저택들이 몰려있는 제기동의 한 단독주택이었다. 근사한 대문을 지나 나무들이 잘 가꿔진 정원을 가로질러 창고 집으로 들어가는 기분은 한마디로 씁쓸했다. 그곳에서 어머님을 모시고 살 생각을 하니 암담한 현실의 무게감이 엄습해왔다.

그 후 나는 집을 사야겠다고 다짐을 했다. 그 당시는 고 노무현 대통령이 집값을 잡으려 했지만 서울 전 지역이 뉴타운개발 바람을 타고 있었기에 자고 일어나면 집값이 두 배로 올라가곤 했다. 몇 년을 아끼고 고생하며 산 덕에 가리봉동에 집값의 절반을 대출 받아 작은 빌라 한 개를 샀다. 최헌이라는 가수가 부른 '언덕위의 하얀 집' 같은 가리봉동 꼭대기에 하얀 빌라는 이름을 가진 건물 5층에 있는 집이었다. 어렸을 적 그 노래를 코믹하게 개사해 '언덕위의 하얀 집, 불이 나면 빨간집, 타고나면 까만 집, 색칠하면 하얀 집'이라고 불렀는데 노랫말처럼 우습게도 그 집에 이사 들어가기도 전에 1층에 살던 사람이 아들과 싸우고 홧김에 불을 내는 바람에 노래가사처럼 까만 집이 되고 다시 하얀 집으로 색칠을 할 무렵 우린 더 집값이 싼 동네로 이사를 나왔다.

첫 번째 내 집을 팔면서 나는 내가 참 바보였구나! 라는 경험을 하게 되었다. 돈을 모으려면 새 나가는 것이 없어야 한다는 주위사람들의 말만 듣고 7% 가까운 대출금리가 부담이 되어 빚을 줄여볼 요량으로 동네부동산을 찾았다. 친절한 인상으로 얘기를 들어주는 부동산 사장은 문제를 해결해 주는 해결사처럼 말을 했다. 자기만 믿고 있으면 집을 좋은 가격에 후딱 팔아 줄 테니 걱정하지 말라고 안심시켰다. 다른 부동산에도 매물을 내 놓으려는 나에게 부동산끼리는 다 통한다고 힘들게 여기저기 내 놓을 필요가 없다고 그럴싸하게 말했다. 그 언변에 속은 줄도 모르고 나는 그들이 하자는 대로 집을 팔았다. 계약을 하고 보름이 지났을까? 부동산 사장이 선심 쓰듯 이사비용을 줄 테니 계약서를 다시 쓰면 안 되겠냐고 했다. 알고 보니 그들은 나의 아둔함을 이용해 시세보다 싸게 우리 집을 들러리를 세워 자신들이 매매한 다음 진짜 구매자에게 2천이나 더 비싸게 집을 팔아 이익을 챙겼다.

팔 때 부동산에 당했기에 집을 살 때는 벼룩시장 신문광고를 보고 직접 다리품을 팔기로 맘을 먹었다. 가장 집값이 저렴하게 나온 곳을 골라 전화를 했다. 집을 보여 주려고 만난 남자는 내가 전화로 물어본 그 집은 이미 팔렸고 다른 집이 있으니 보여 주겠다고 나를 차에 태우고 이집 저집을 보여주기 시작했다. 내가 맘에 안 든다. 비싸다는 등의 푸념에도 아랑곳 않고 그는 마치 내게 꼭 맞는 집을 찾아주어야 한다는 사명감을 가진 사람처럼 끝도 없이 돌아다니며 집을 보여주었다. 하루 종일 그렇게 애써주는 그 사람이 너무 고맙게 느껴져 그가 소개해 준 집 중에 하나를 계약했다. 계약 후에야 그들이 부동산을 낀 브로커라는 것을 알게 되었다. 계약을 취소할 수 없어 시세보다 비싸게 울며 겨자 먹기로 서울을 떠나 부천 역곡이라는 곳에 빌라를 샀다.

그때의 경험은 나에게 좋지 않은 기억이지만 좋은 공부가 됐다. 점점 연세가 들어 계단을 오르내리기 힘든 시어머니와 태어나 백일이 지난 쌍둥이 딸을 유모차에 태워 다니기 위해 엘리베이터가 있는 집으로 이사를 하고 싶어졌다. 눈 감으면 코 베어 가는 세상이라는 것을 절실히 느낀 나는 신중하게 움직였다. 집을 사고팔려면 싫어도 부동산을 이용해야 했기에 호랑이를 잡으려면 호랑이 굴로 들어가야 하고 호랑이에게 잡혀도 정신만 차리면 산다는 말을 기억하며 동네부동산을 방문했다. 부동산사장은 내가 먼저 겪었던 사장들처럼 친절하고 인상이 좋았다. 나는 사장에게 좋은 분을 만나게 되어 기쁘다고 추켜세우며 그곳을 참새가 방앗간을 드나들듯 드나들었다. 가끔은 풀빵을 사들고 가서 같이 나눠 먹고 싶어 가지고 왔다고 너스레를 떨기도 했다. 엉덩이를 붙이고 부동산에 앉아 있으면서 집을 팔려고 온 사람과 구하려고 오는 사람들을 보며 집에 대한 정보를 모았다.

집에 가치를 정하는 기준은 해가 잘 들어오는지, 전망이 좋은지, 큰 도로변과 가까운지, 지하철역과 가까운지, 주차장은 있는지, 건축년도는 얼마나 되는지, 그 외 용적률, 대지지분, 로얄층인가 아닌가에 따라 달라진다는 것과 내 집 값을 제대로 받는 노하우까지 얻게 되었다. 이렇게 터득한 노하우로 결국 살던 빌라를 시세에 맞게 잘 팔고 급매로 시세보다 싸게 나온 아파트를 살 수 있었다.

지금 생각해 보면 전 재산을 들고 참 겁도 없는 일을 저질렀다 여겨진다. 부동산 업자들에게 당하긴 했지만 얼마 안 되는 재산이긴 해도 날리지 않았으니 얼마나 천만다행인가. 거래가 밥줄인 그들을 순진하게 믿은 나 때문에 피식 웃음이 나온다. 한 동안 부동산에 갈 일이 없어 잊고 있었던 기억. 오늘 다시 부동산에 집을 내 놓고 나오는 마음은 그때의 기억이 떠오르면서 기분이 씁쓸해진다.

사랑의 징검다리

안미경

'현직 초등학교 교사의 저자 특강?' 북부 도서관 현관문을 열다가 문득 눈에 들어오는 반가운 얼굴이 있었다. 유리문에는 현직 초등학교 교사가 알려주는 저자 특강 포스터가 붙어있었고 그 안에는 내가 너무나 잘 알고 있는 반가운 얼굴이 웃고 있었다. 포스터 앞에서 요지부동이 된 채 나는 그녀와의 2년 전 기억 속으로 이끌렸다.

어린이집과 가정보육 교사로 오랜 기간 근무하다 지인의 소개로 건강가정지원센터의 아이돌봄을 알게 된 것은 2015년 8월이었다. 아이돌봄 활동가로 일을 시작하면서 첫 인연을 맺은 18개월 남자 영아를 만나러 그 집을 방문했다. 어머니와 아이를 처음 만났을 때 아이는 엄마 품에서 떨어져 본 적도 없고 말을 못해서 의사표현은 주로 베이비 사인으로만 하고 있었다. 집에 CCTV가 있다는 말을 센터에서 듣고 갔지만 그것이 설치된 곳에서는 근무를 해보지 않았던데다 움직임을 보는 각도에 따라 보는 사람 입장에서는 자칫 안 좋게 보일 수도 있다는 말을 평소에 들었던 터라 걱정도 되었다.

거실과 안방에 있는 CCTV가 며칠간은 신경이 쓰였다. 안방에서 아이가 CCTV를 손가락으로 가리킬 때면 왠지 어색하고 당황스러워 일부러 보지 않으려고 노력도 했다. 그러나 어느 순간 아이와 놀이를 할 때는 그것의 존재 자체를 잊어버리고 놀이에만 집중하게 되었고 보름 정도 지났을 때는 CCTV가 뒤로 돌려져 있었다. 어머니와 신뢰를 쌓는 시간이 조금 걸렸지만 아이를 사랑하고 예뻐하는 걸 알고 믿어주는 것 같아서 감사했다. 아이가 말을 할 수 있도록 돕기 위해 아이를 품에 안고 그림으로 단어를 알려줄 수 있는 팝업북을 수시로 읽어주었다. 하루에도 수십 번씩 반복을 하니 처음에는 별 관심을 보이지 않던 아이가 나중에는 읽어달라며 들고 오기 시작했다. 블록 쌓기, 실내 미끄럼틀에서 신체놀이, 상자 쌓기, 역할놀이, 풍선으로 대근육 키워주기 등 다양하게 아이가 자극을 받을 수 있도록 도와주었다.

그러던 어느 날이었다.

"민우야, 우리 공놀이 할까?"

별 기대 없이 웃으며 얘기했다. 전혀 놀이에 관심을 보이지 않던 아이가 함께 공놀이를 하던 그 공간으로 쪼르르 달려가서 앉아 두 손을 앞으로 내밀며 공 받을 준비를 하고 기다리고 있었다. 정말 놀라웠다.

"와, 민우 최고네!"

큰소리로 칭찬해주자 아이가 빙그레 웃는다. 아이가 말은 못해도 내가 알려주었던 것들을 다 받아들이고 있다는 걸 다시 한번 느꼈다. 어머니는 아이가 밥도 뽀로로 영상을 보여주면 그나마 조금 먹는다고 말해주었지만 즐겁게 역할놀이를 통해서 밥을 먹였더니 놀이를 하는 줄 알고 더 달라며 잘 먹었다. 한 달 정도 지났을 때 아이가 살이 오르고 놀이도 잘 따라하고 말도 잘은 못하지만 조금씩 변화되는 모습을 보며 어머니가 더 기뻐했다.

늘 아이와 함께하는 직업은 전문직이란 생각을 한다. 어머니가 안 계실 때는 아이에 대한 모습이나 작은 움직임의 변화, 습관을 관심 있게 보고 꼼꼼하게 적어 몇 장의 사진과 함께 폰으로 보낸다. 아이를 돌보는 건 '칭찬은 고래도 춤추게 한다.'라는 말처럼 많은 칭찬과 기다림으로 아이가 변화되는 걸 지켜보고 그 믿음만큼 성장하는 모습을 바라보는 기쁨과 보람이 있다. 그 후론 집을 방문하면 어머니가 반갑게 문을 열어주며 함께 차를 마시고 싶었다며 기다리고 있다가 아이에 대한 상담도 하고 나의 경험담을 이야기 하면 열심히 들어주었다.

몇 달 동안을 그렇게 지냈다. 하루는 차 한 잔을 하면서 민우 어머니가 복직을 해서 서울로 이사를 가게 되었다고 이야기 했고 그후 돌봄 서비스는 자연스럽게 종결되었다. 이사 후에도 아이 엄마와 톡으로 시간이 날 때마다 서로 안부를 전했다. 어머니는 민우가 얼마나 컸는지 어떤 모습들이 변했는지 꼼꼼하게 알려주었다. 사진만 봐도 미소가 지어졌다.

얼마 전 아이와 함께 부천에 왔다가 선생님 만나고 싶었다며 연락을 해왔다. 환하게 웃으며 아이와 함께 카페에 들어오는 모습을 보니 봄 햇살처럼 마음이 따듯해졌다. 서로 살아가는 이야기를 한참 나누며 웃음꽃을 피운 후 다음에 다시 만날 약속을 하고 헤어졌다. 그때 아이 엄마는 "선생님, 항상 감사합니다."라는 말과 함께 작은 선물이니 마음으로 받아달라며 봉투 하나를 내밀었다. 거절하다 받은 봉투 안에는 스타** 기프트 카드와 빼곡히 쓰인 손 편지가 들어있었다.

"선생님, 이렇게 저희 모자 기억해주시고 늘 살펴주셔서 진심으로 감사드려요. 선생님처럼 사랑으로 돌봐주시고 정성껏 가르쳐주시는 분을 민우의 첫 선생님으로 모실 수 있어서 정말 영광이었어요.(이하 생략)"

편지를 읽으며 가슴이 뭉클했다. 아이돌봄 활동가로 일하는 보람을 느끼는 순간이다.

아이돌봄은 나에겐 또 다른 인생의 징검다리를 만들어준다. 살아오면서 잘 건너 온 징검다리도 있고 뒤돌아보면 잘못 건넜다 후회되는 징검다리도 있다. 엄마를 대신해 사랑이 필요한 아이들에게 사랑의 징검다리가 되어줄 수 있는 아이돌봄은 분명 내 삶의 중요한 것 중 손가락 안에 꼽힌다.

오늘도 아이들 만날 생각에 설레는 마음을 안고 집을 나선다. 주

위에 아이들이 다 커서 할 일이 없다는 분들에게 나는 당당하게 권
유한다.

"아이돌봄 활동가 지원해보실래요? 후회하지 않으실 거예요."

이디오피아?
유토피아?

박숙자

고향친구들을 만나러 가는 차 안에서 CD를 틀었다. '하나님 나라는 어떤 곳일까? 아픔과 슬픔이 없는 나라인가요? 하지만 이곳은 그렇지 않은 걸. 하나님 나라에 살고 싶어요.' 아이들이 맑지만 쓸쓸한 목소리로 노래를 부른다. 이에 엄마가 대답한다. '하나님 나라는 이곳이란다. 여전히 아프고 슬픔이 있지만, 이 땅에서 하늘 뜻을 소망하는 자들……'

노래를 흥얼거리다가 문득 한 가지 궁금한 생각이 떠올랐다. 비기독교인들은 하나님 나라 말고 뭐라고 하는데, 사람들이 꿈꾸고 바라는 이상 국가를 뭐라고 했는데…. 머릿속에서 꼭꼭 숨어버린 단어는 아무리 생각해도 좀처럼 기억이 나지 않았다. 고개를 갸웃거리며 무슨무슨 피아였는데 하고 생각했다. 잠시 후 번쩍하고 '이디오피아'라는 검은 글자가 선명하게 떠올랐다.

순간적으로 맞는 것 같았지만 두, 세 번 불러보니 무언가 어색하고 이상했다. 뒤이어 저 멀리 아프리카의 굶주린 아이들의 모습이 스쳐 지나갔다. 순간 허탈한 웃음이 나왔다. 만약 이 순간 누가 나에게 물었을 때, '이디오피아'라고 대답했다면 망신당할 뻔 했다는 생각에 얼굴이 붉어졌다. '도둑이 제 발 저린다.'는 말처럼 내 생각이 들통 난 것처럼 아무도 없는 차 안을 두리번거렸다. 단어 하나를 생각해 내지 못해 전전긍긍하는 내 모습을 보며, 이제 기억력이 예전 같지 않다는 것을 실감하는 순간이었다. 누구에게 뭐라고 하소연 할 수도 없는 심정은 씁쓸한 기분과 함께 슬픈 감정까지 불러왔다. 계속 집중해서 생각을 해도 이디오피아 말고는 떠오르지 않았다. 계속해서 생각나는 이디오피아 라는 단어를 털어내버리려고 머리를 흔들어댔다.

약속 장소에 거의 도착할 무렵이었다. 순간 머릿속이 환해지면서 단어가 보였다. '유토피아~'. 혼자서 기뻐하면서도 한편으로는 그렇게 쉬운 단어를 잊어버리다니 나이 먹는 걸 막을 수가 없다는 생각이 들었다.

막상 친구들을 만나니 나도 모르게 차 안에서 겪은 이야기가 저절로 나왔다. 친구들도 공감한다는 듯 여러 번 고개를 끄덕이며 말했다.

"하하하 맞아 맞아. 나도 그래. 그런데 그렇게 어려운 이디오피아란 단어를 어떻게 생각해냈니? 그게 더 대단하다."

"글쎄. 나도 모르게 튀어 나온 단어야."

우리는 한참을 웃다가 테이블 위에 놓여 있는 아이스 아메리카노가 담긴 잔을 들어 한 모금씩 마셨다. 그 동안 쌓아 놓았던 이야기 보따리를 풀다가 한 친구가 지난밤에 TV를 본 이야기를 꺼냈다. '자기야 백년손님'이라는 프로 이야기였다.

"어제는 정말 재미있더라. 그 사람, 의사선생님 있지? 정형외과 의산가?"

듣고 있던 내가 말했다.

"정형외과 아닐 껄. 내과의사일 거야."

다른 친구가 또 말했다.

"응. 그 후포리."

말을 꺼낸 친구는 손뼉을 치며, 그제서야 생각난 듯 말했다.

"하 하 맞다. 맞어. 후포리 남서방."

"아이고 어떡해. 기억이 잘 안나. 너만 그런 게 아니네. 우리 다 그래."

우리는 퍼즐을 맞추듯이 각자가 갖고 있는 조각을 내보이며, 겨우 한 면을 채울 그림을 맞추어 나갔다. 40대 후반의 우리들이 겪는 기억력과의 씨름이었다.

친구들과의 즐거운 시간을 뒤로 하고 집으로 향했다. 어느 건물에 게양되어 있는 태극기를 보며 오래 전에 겪은 일이 생각났다. 2004

년에 개봉한 장동건 원빈 주연의 '태극기 휘날리며'라는 영화를 보고 난 후, 에스컬레이터로 내려가고 있을 때였다. 우리 앞에는 순박해 보이는 노모와 아들 부부가 있었다. 내려가면서 아들이 물었다.

"오늘 영화 재미있었어요? 어머니."

"오냐. 아들 덕분에 겁나게 재미있게 봤다. 고맙다. 근디, 제목이 뭐였더라?"

제목을 묻던 어머니가 바로 연이어 말했다.

"맞다. 맞어. 태극기 펄럭이며."

뒤에 있던 나와 남편은 웃음이 빵 터졌다. 서로 마주보며 급하게 손으로 입을 막았다. 세월엔 장사가 없다더니 그때 그 어머니의 말을 듣고 웃었던 내가 이제 사람들이 살고 싶어하는 이상국가를 '이디오피아'라고 말하는 아줌마가 되었다. 앞으로 시간이 흐를수록 기억력과 체력은 감퇴될 뿐 더 좋아지는 일은 없을 터이다. 오늘도 기억 속에 숨으려하는 수많은 단어들을 붙잡고자 책과 글쓰기로 단련을 한다.

먼저 간 그대에게

천명준

한려수도의 한 자락인 경남 고성에 위치한 조그마한 섬 와도! 이곳이 나의 고향이다. 화려하지는 않지만, 해외에서도 인정하는 청정지역이다. 요즘 들어 입소문이 번지면서 여름철이면 캠핑족을 비롯한 외지인들의 왕래가 자자하지만 평소에는 그야말로 한 폭의 수채화 같은 아담한 섬이다. 바람이 없는 날에는 수평선이 손에 잡힐 듯 가까이에 있으며 고깃배들의 뱃고동 소리도 정겹게 들린다 .

어른들은 낮에는 주로 어구를 손질하느라 눈코 뜰 새 없이 바쁘다. 어린아이들조차도 학교를 파하면 어른들의 바쁜 일을 돕는 것이 이곳에서는 예삿일이다. 어린 시절 나는 어김없이 학교를 다녀온 후 낚지 먹이인 게를 잡으려 갯가로 향했다. 내가 다녔던 와도 분교의 총학생 수는 18명이었다. 선생님 두 분과 급사 한 명으로 학교는 운영됐으며 워낙 학생 수가 적어 한 해는 1, 3, 5학년의 학생만 다니다가 다음 해엔 2, 4, 6학년만 다니는 재미있는 학교다. 그중에서 내가 다닐 때 우리 학년만 12명으로 학교 개교 이래 최고로 학생 수가 많았다.

내 짝은 김정희라는 윗집에 사는 여자애였다. 초등학교 1학년 때부터 6학년 졸업 할 때까지 단짝으로 한 번도 바뀐 적이 없다. 그러했기에 미운 정 고운 정이 들어 떼려야 뗄 수 없는 사이로 발전했다. 우리는 하루에도 수십 번씩 싸웠다. 한 책상을 썼기에 가운데에 줄을 그어놓고 책이나 필기도구가 넘어오면 사정없이 교실 바닥에 내평개쳤다. 그 다음은 불을 보듯 뻔하다. 선생님께서 부르시면 앞으로 나가 회초리를 맞거나 벌을 받는다. 그런 와중에서도 학교를 파하면 언제 그랬냐는 듯이 아주 친하게 지내곤 했다. 나는 공부를 곧잘 잘하는 편이었다. 철호와 나는 늘 1, 2 등을 놓치지 않아 친구들의 부러움을 샀다. 아이들은 시험 다음 날이면 어김없이 반성문을 썼는데 한결같이 철호와 명준이 이름이 들어갔다. 우리처럼 열심히 공부해서 성적 때문에 벌을 서는 일이 없도록 하겠다고 매번 다짐했다.

어릴 적 나의 성격은 온순하고 내성적인 편이었다. 정희는 반대로 외향적이면서 매사에 적극적인 남자 같은 성격이었다. 늘 우정으로 때론 애정으로 서로를 아껴주며 남다른 친근감을 과시하기도 했다. 우리는 사춘기를 거치면서 소년과 소녀의 감성으로 변했고 서로를 마음속에 가까이 두는 사이가 됐다. 하지만 청년기에 접어들면서 섬 생활에 회의를 느낀 나는 청춘의 꿈을 안고 고향을 떠나 서울로 왔고 그 후 정희는 내 중학교 동창의 아내가 됐다. 많이 보고 싶고 그리웠지만 내 친구의 배우자가 된 후로는 늘 마음속에 한 점 그리움으로 숨어있는 그런 존재였다. 고향을 떠나 서울로 온 후로 나는 오로지 자수성가 하여 떳떳하게 금의환향 하는 것이 꿈이었다.

얼마나 세월이 흐른 걸까. 몇 년 전 문득 단짝이었던 친구가 보고 싶어 안부를 물었더니 무엇이 그렇게 급했는지 이 세상에서 이 세상 사람이 아니었다. 예고 없이 접한 비통한 소식에 나는 당황스럽기도 하고 허무함만 가득했다. 우리는 성인이 스무 살 무렵에도 한 방에서 자면서도 오로지 친구 이상의 선은 넘지 않았을 만큼 아끼고 사랑했다. 그래서 그녀의 죽음은 나에게 더욱 애틋하고 안타까운 일이었다.

정희가 학교 급사로 있을 때였다. 그해 겨울 우리는 매일같이 선생님과 함께 고스톱을 쳤다. 자정이 넘어서 집으로 돌아올 때는 단둘이었지만 나는 조금도 성적 욕망의 기미를 보이지 않았다. 어쩜 나를 성불구자로 생각했을지도 모를 만큼 나는 그녀를 아꼈다. 어디 아름다운 일들이 그뿐이랴. 수없이 많은 아련한 추억들이 주마등처럼 뇌리 곁을 스쳐간다. 그녀는 이젠 만나고자 해도 만날 수 없는 요단강을 건너고 말았다. 가슴이 저려온다. 그녀와의 여운이 아직도 귓가에 쟁쟁한데 어찌 한마디 말도 없이 떠났을까. 새삼 인생의 무상함을 느낀다.

"늘 아름답고 건강한 모습으로 항상 있을 줄 알았던 소중한 친구야, 정말 너의 생전의 모습이 아른거려 눈물이 나는구나. 친구로서 아니 너의 남자친구로서 너에게 한마디 고한다. 그리 바빴나. 이 계집애야 아무리 바빠도 나에게 한마디라도 하고 가야지. 어릴 적 학교운동장에서 뛰놀 때 너의 등을 치면서 달아나다가 다른 친구들에게 정희 브래지어 했다고 놀릴 때 몹시 화가 나서 나에게 덤벼든 기억도 엊그제 같다. 이 가을에 나는 수신자 주소도 알 수 없는 그녀에게 한통의 편지를 쓴다.

어디 그뿐이랴. 네가 논 밑에서 먹을 감을 때 옷을 뭐가 감춰 난감하기도 했었지. 세월이 지난 후 지금에 와서 생각해보니 미안하구나. 친구야 나의 동창과 시댁의 반대로 가슴앓이도 많이 했었지. 그때 내 기분 같아선 그렇게 잘났다고 우기는 놈 네가 먼저 버리고 나에게 시집와라는 말을 하고도 싶었다. 그랬더라면 속 편히 더 행복하게 오래 살았을 텐데. 후회가 되는구나.

나의 친구야 넌 누가 뭐래도 나에게는 최고 좋은 친구였다. 이제 모든 것 내려놓고 천사가 되어 하늘 높이 날아다니면서 이승에서 못다 한 꿈 이루어라. 그 길이 네가 선택한 최선의 길이라면 모든 것 훌훌 털어버리고 편한 마음으로 저승으로 떠나려무나. 나도 이제 너를 나의 맘속에서 보내주마. 천상에서나마 우리 언제인가 다시 만나면 그때는 우리 후회없는 사랑을 하자구나. 기다려줘. 친구야."

봄이 오는
길목에서

이양순

봄은 나뭇가지에서부터 찾아온다. 비둘기처럼 살며시 내려온 따스한 햇살을 걸치고 기지개를 켜듯 한겨울의 혹한과 무덤 같은 침묵을 이겨내고 계절의 수레바퀴처럼 성큼 눈앞에 다가왔다. 삭풍에도 아랑곳 하지 않고 맨몸으로 찬바람을 맞으면서 사투를 벌이며 꿋꿋이 서있던 앙상한 나무들이 하나 둘씩 새 옷 입을 준비를 한다.

개나리가 쌀눈 같은 움을 가지마다 터트렸다. 봄 햇살아래 미소를 짓듯 수줍은 모습으로 아파트 담장 아래서 여린 노란 꽃잎을 내밀고 있다. 자색목련도 꽃망울을 터트리려 준비를 하고 있다. 겨우 내 추위에 떨다가 계절의 전령사처럼 봄소식을 알린다. 목련이 만개하면 고고하고 신선한 모습으로 사람들에게 생동감 있는 아름다움을 선사할 것이다. 원미산에 활짝 피어날 진달래들도 곧 화사한 자태를 보여주려는 듯 꽃망울에 물이 오르고 있다. 거친 환경을 잘 이겨내는 그 강인한 인내력은 인간에게만 국한된 것이 아니라 생명을 가진 모든 생물들에게도 해당된다. 해산하는 여인의 고통 뒤에 오는 탄생의 기쁨처럼 봄은 여기저기서 대지의 축제를 알릴 것이다.

집 앞 벚나무 가지 위에 살포시 앉은 까치가 따사로운 봄 햇볕아래 한가로이 졸고 있다. 자연이 가져다준 한낮의 평화로운 풍경은 생동하는 계절임을 확인시켜주고 있다. 사람들의 가벼운 옷차림에서 계절의 흐름이 나타난다. 경쾌한 발걸음에 활기찬 모습으로 지나가는 사람들의 차림새에도 봄의 기운이 물씬 풍긴다. 시장 앞 화원에는 온실에서 곱게 핀 꽃들이 크기별로 진열되어 눈길을 끈다. 조그만 화분에 올망졸망 예쁜 꽃들이 아름다움을 자랑하듯 살며시 웃고 있다. 여린 꽃송이가 아직은 찬 공기에 파르르 떨고 있다. 짧은 스커트에 얇은 스타킹을 신고 추위에 떠는 나이어린 숙녀 같다.

우리 집 베란다에는 철쭉이 여러 그루 있다. 아침에 잠깐씩 놀러오듯 들어온 햇볕을 받아 살며시 입을 벌리고 웃는다. 가지마다 아름다운 진분홍 꽃을 펼쳤다. 생각 날 때마다 물 한 바가지 퍼준 것밖에 없는데 보답치고는 너무도 큰 선물이다. 예쁜 꽃숭어리가 제법 많이 달렸다. 가운데 화분에 주황색 철쭉이 진분홍 철쭉의 기세에 눌린 듯 조심스레 꽃을 매달고 있다. 그 옆 화분에는 키가 한 뼘

남짓한 하얀 꽃 철쭉은 지난해 가을날, 밖에다 버려진 다 죽어가는 나무를 남편이 주워 와서 화분에 심고 물주어서 정성을 쏟은 대가로 예쁜 꽃을 하얗게 피워 주었다. 죽지만 않고 살아주기를 바랐는데 생각지도 않게 꽃을 피워 기쁨을 주었다. 한 나무에서 한쪽은 하얀 꽃을 피웠는데 다른 쪽은 옆의 주황색 철쭉꽃의 영향을 받아서인지 흰 꽃잎 가장자리주변이 주황색을 띄고 있다. 주변색상에 동화된 것 같다. 문득 예전에 검정붕어가 주황색 금붕어 색으로 변했던 기억이 떠올랐다.

언젠가 냇가에서 붕어를 잡아왔는데 모양과 비늘은 금붕어 형태인데 색깔은 검정색이었다. 금붕어가 든 어항에 검정붕어를 넣었는데 같은 공간에서 싸우지 않고 잘 지내고 있는 게 신기했다. 자연에서 살다가 좁은 공간에서 스트레스 받을 수도 있고, 침입자로 생각하고 금붕어가 물어뜯기라도 하면 어쩌나 걱정했는데 사이좋게 노는 것에 안도했다. 시간이 지나자 검정색의 붕어는 노란빛으로 차츰 변해가더니 나중에는 주황색의 붕어가 되었다. 화려한 색상은 아니지만 검정 붕어가 주황색 금붕어로 변한 것을 보고 주변 색깔에 동화되어 가는 게 신기하기만 했다. 옛말에 '같이 놀면 물든다.'라는 말이 실감났다. 하얀 철쭉꽃도 바로 옆 주황 철쭉꽃의 색상으로 동화된 것이다.

옷장에서 철지난 두꺼운 옷을 세탁하려고 끄집어내려다 그만 두었다. 언제 어떻게 변할지 모르는 변덕스러운 봄 날씨를 가늠하기란 어렵다. 언젠가 겨울옷을 세탁해서 넣어두었는데 삼월 추위가 한바탕 소란스럽게 지나간 바람에 드라이크리닝 해 두었던 겨울옷을 다시 꺼내 입었던 적이 있었다. 김장항아리를 씻어서 물을 부어뒀는데 얼어서 항아리 깨지고, 겨울옷 다시 꺼내 입었던 기억 때문이다. 춘삼월에 항아리 터진다는 말이 실감났다.

한발 가까이 다가온 봄은 번화한 거리에서도 피어난다. 여성복 매장에는 날씬한 마네킹이 봄옷을 걸치고 미소를 머금고 있다. 쇼 윈도우에서서 지나가는 사람들의 눈길을 끈다. 뚱뚱한 사람에게는 그야말로 그림의 떡이다. 시각적으로 미적 감각을 표현했을 뿐 인위적으로 날씬함을 강조한 영혼 없는 마네킹이 입은 옷을 마냥 예쁘다고만 할 수 없다. 날씨 때문인지 얇은 옷을 입은 마네킹이 추워 보인다. 두꺼운 외투라도 걸쳐주었으면 마음이 포근해 질 것 같다.

아직은 귓가를 스치는 바람이 차갑다. 겨울의 긴 시간을 지나왔는데 아직도 기다려야 할 시간이 남아있는 것 같다. 머지않아 활짝 피어날 목련꽃을 떠올리는 지금은 봄이 오는 길목이다.

아카시아 꽃,
그 추억의 향기

이경희

누군가 향수를 뿌리고 지나간 듯 온 동네에 향기가 진동했다. 늦은 밤 꽃향기가 바람을 타고 내가 사는 아파트까지 날아들고 있었다. 조금은 가볍게 달콤한 듯한 신선한 내음이 코끝을 스치는 순간 깊은 숨을 들이쉬며 가슴 설레게 하는 바로 추억의 아카시아 향기였다.

날이 밝자 아침 일찍 지난 밤 그 향기를 찾아 원미산을 향해 길을 나섰다. 복숭아 과수원 길을 지날 무렵 바로 간밤에 우리 집까지 날아들었던 그 향기가 머리끝에서부터 발끝까지 온몸을 적신다.

"동구 밖 과수원길 아카시아 꽃이 활짝 폈네. 하얀 꽃⋯⋯."

노래를 부르며 올라가다가 발길을 멈췄다. 길섶에 찔레꽃이 아침 햇살을 머금고 뽀얀 얼굴로 반색을 한다. 아카시아는 향기도 모자라 새하얀 이를 드러내며 아침인사까지 빼먹지 않는다. 꿀벌들도 윙윙 즐겁다고 노래를 부른다. 반가움에 꽃들과 얼굴을 맞대고 꽃내음을 맡으며 잠시 추억에 잠겨본다.

　6.25 전쟁이 발발하던 해에 태어나 배고픈 어린 시절을 보냈다. 봄이 되면 들로 산으로 뛰어다니며 찔레순과 아카시아 꽃을 먹고 놀았다. 꽃 한 송아리를 그대로 훑어 한 움큼 볼이 가득할 정도로 털어 넣고 우적우적 씹으면 향이 온몸에 전율을 일으켰다. 한참을 맛있게 먹다가 풋내와 떫은 맛이 느껴지기 시작하면 그때부터는 꽃 한 송아리를 손에 들고 하나하나 작은 송이를 따서 꿀만 빨아먹곤 했다. 어찌 그리 달고 맛이 있던지! 지금의 그 어느 과일과도 비교할 수가 없었다. 어디 그뿐인가. 학교 갔다 돌아오는 길에 친구들과 함께 깃털 모양의 커다란 잎을 따서 가위 바위 보를 하며 작은 잎 하나하나를 떼어내며 즐거워하고 줄기로는 파마를 한다며 머리카락을 둘둘 말아 반으로 접어 꽂고 깔깔댔다. 또 잎을 따다가 토끼 먹이로 주기도 했다.

　나에게 아카시아는 꼭 그렇게 즐겁고 달콤한 추억으로만 남아있는 것은 아니다. 하얀 꽃 속엔 어머니의 눈물도 숨어있다. 집 뒤편에 흐드러지게 핀 아카시아 꽃을 따서 꽃 버무리를 하면 좋으련만 떡가루가 없어 아쉬워했던 어머니의 모습이 눈물어린 기억으로 떠오른다. 요즘같이 살기 좋은 세상에선 떡방앗간이나 마트에 가서 가루를 사오면 되는 일이지만 모든 것이 부족하고 불편했던 시절이었기에 꽃이 떨어질 때면 더욱 아쉽기만 했다. 50년대 후반에는 전쟁이 휩쓸고 간 민둥산이 많았다. 게다가 땔감으로 쓰기 위해 나무를 자꾸 베어버려서 비가 왔다 하면 산사태가 끊일 새 없었다. 나라에서는 사방공사로 뿌리가 잘 뻗어 나가고 번식력이 좋은 아카시아 나무를 심었다. 많은 양의 묘목과 잔디가 필요하다 보니 학교에서 씨앗 수집을 대대적으로 실시했다. 우리는 씨앗을 수집하기 위해 아카시아 나무 밑에 앉아 작은 씨앗 알갱이들을 주웠다. 그리고 주로 잔디가 많은 산소 뜰을 찾아다니며 작디작은 잔디 씨앗을 훑어 모아서 성냥갑에 담았다. 가끔은 학교에 가져가다가 그만 땅바닥에 홀딱 쏟아서 다시 주워 담을 수도 없는 안타까운 일들도 발생했다. 이제는 잊지 못할 추억이 되어버린 일들이다.

아카시아 꽃은 유년시절을 넘어 한참 세월이 흐른 후에도 아주 특별한 모습으로 다시 내 곁에 다가온 적이 있었다. 스물다섯 살 때였다. 교회 청년부 회원들이 떡과 다과를 바리바리 싸들고 목사님 장로님 몇 명과 함께 중부전선 최전방부대를 위문 차 방문했다. 나도 그 일원으로 여러 가지 프로그램을 준비해 장병들과 즐거운 시간을 같이 보냈다. 우리가 찾아간 민통선 안은 평소에는 일반인들이 들어갈 수 없는 곳이었지만 그날은 특별히 군부대 트럭을 타고 올라갔다. 그때 길 옆에는 아카시아 꽃이 어찌나 많던지 꽃향기가 온 천지에 가득하고 산은 온통 새하얀 꽃구름으로 덮여 있었다. 그리고 그 사이를 가로지른 철책 너머로 북한 땅이 보였다. 비무장지대에서 태어난 나로서는 그곳이 바로 내 고향이자 부모님 고향이기에 눈물이 저절로 흘러나왔다. 철책 없는 하늘을 꽃향기는 바람을 타고 자유롭게 넘나들고 있었다. 나는 바람에게 말했다. 고향땅에 언제 갈 수 있는지. 내 고향에 꽃향기만 전하지 말고 이 마음도 전해달라고. 우리 일행은 함께 눈물을 흘리며 남북통일을 위해 기도했다. 흐르는 눈물을 삼키며 산에서 내려와 점심을 먹기 위해 연병장에 자리를 폈다.

"어머! 이게 웬일!"

나도 모르게 감탄사가 흘러나왔다. 식판에 아카시아 꽃 송아리가 튀김옷을 입고 탐스럽고 예쁘게 피어 있는 게 아닌가! 먹기도 아까운 그림이었다. 요즘 같았으면 아마도 스마트폰으로 찰칵 찍어 친구들에게 보냈을 것이다. 맛 또한 기가 막혔다. 바삭바삭하고 고소한 맛에 향기까지 넘쳐나니 어릴 때와는 또 다른 맛이었다. 새로운 맛의 추억을 간직하게 된 것이었다. 아주 특별한 맛으로 손님 대접을 해준 그 날의 취사반의 장병들이 지금까지도 고맙다. 어느 시인은 자신의 책에서 이렇게 말했다. 꽃향기는 백 리를 가고, 사람의 향기는 만 리를 간다고. 내게 있어 평생 잊지 못할 다양한 추억의 맛과 향기로 남아있는 아카시아 꽃! 그렇다면 나는 어떤 향기로 만 리를 갈 수 있을까? 또 어떤 냄새로 사람들의 기억 속에 남게 될까? 추억에 취해 멈춰 섰던 발길을 다시 원미산 봉우리를 향해 내딛는다. 나만의 향기를 꿈꾸며……

가족
– 에 대하여

가족이 어떻게 되세요?

누군가 이렇게 묻는 순간 가슴속에서는 뜨거운 것이 요동치기 시작한다.

세상에서 가장 따뜻한 언어 '가족'.

삶이라는

단 한 번의 정겨운 소풍길에서 내 손을 꼬옥 잡아주던 그들!

어떻게 살았느냐고 묻는다면

답은 하나다.

나 가족이 있어서 행복했노라고.

이쁜이의 가출

왕영옥

"이쁜아! 이쁜아~! 돌아와~"

"금방 돌아 갈게요. 할머니……."

애타게 부르는 할머니 목소리를 뒤로 하고 그녀 친구들 무리를 따라 모험의 길을 나섰다. 며칠 전 우연히 또래 계집애가 찾아온 게 화근이었다. 일정한 거처없이 오랫동안 떠돌아 다니며 겪었던 다른 세상에서 일어나는 일들을 들려주었다. 반경 2미터를 벗어난 적이 없는 나는 멀리서 방향만 바라 볼 뿐 얼굴도 모른 채 바람을 배달부 삼아 대화를 주고 받던 길 건너 사는 목소리의 주인공과 칠흑같이 깜깜한 밤 인기척에 놀라 소리를 지르면 여기저기서 같이 울며 위로를 전해 오던 이웃들이 늘 궁금했었다. 나는 그녀의 자유가 부러웠다. 구걸을 하는 게 딱해서 넉넉지 않은 저녁을 나누어 먹은 게 인연이 된 후로 며칠 더 우리집을 들락거렸다. 그러던 그녀가 같이 지내던 친구까지 데리고 와서 나에게 자기들을 따라 나서라고 꼬드겼다. 이제 다 컸으니 잠시 집을 떠나서 궁금했던 얼굴도 만나고 여럿이 어울려 다니며 바깥 세상을 구경하는 것도 신나는 일 아니겠냐는 말에 그만 넘어가고 만 것이다.

할머니 부부와 인연을 맺은 건 일 년이 조금 더 되었다. 젖을 떼고 함께 태어난 형제들은 모두 입양되고, 비쩍 마른데다 몸 전체에 검정색 얼룩 무늬가 있어 보기 흉하고 못생겼다는 이유로 나 혼자 남게 되자 할머니와 할아버지 두 분만 사시는 아랫집으로 버려지듯 보내왔다. 일명 똥개라고 부르는 믹스견인지라 집 안이 아닌 앞 마당 한 편에 살고 있지만 언덕 아래에 넓게 펼쳐진 논과 밭, 건너 마을까지 한 눈에 들어오는 전망에다 주변의 나지막한 산은 철따라 새 소리, 개구리와 맹꽁이 울음소리, 풀벌레들의 노래 소리를 들을 수 있고 계절마다 바뀌는 아름다운 풍경은 호연지기를 키우는데 부족함이 없다.

처음부터 앞마당 별채에서 살게 된 것은 아니다. 이사 오던 날을 생각하면 지금도 민망한 웃음이 난다. 할아버지는 태어난 지 얼마 되지 않은데다 엄마 곁을 떨어져 끙끙거리고 운다고 첫날부터 집 뒤켠에 있던 철창에 나를 집어 넣었다. 예전에 살던 선배가 무시무시하게 컸는지 어린 내가 살기에는 덩그런 공간이 외롭고 무섭기까지 했다. 주말이면 주인집의 도시에 나가 있는 결혼한 자녀들이 가족들과 함께 농사일을 도우러 왔다. 딸네와 첫 상면하던 날이었다. 딸이 철창에 가두고 보이지도 않는 곳에 둔 게 불쌍하다고 앞마당으로 옮기자고 제안했지만 할아버지는 여전히 그냥 두라고 했다. 그런 할아버지의 눈을 피해 두 모자는 나의 탈출 작전을 벌였다. 햇빛 가득한 마당과 사람 손길이 좋아 꼬리를 맘껏 흔들며 기뻐했다. 그것도 잠깐, 갑자기 목줄을 채우는 게 아닌가? 갑갑하고 겁이 나서 풀어 달라고 애원을 해보았지만 중년의 딸은 적응을 잘해야 할아버지에게 다시 끌려가지 않는다며 잠자코 있으란다. 난 죽기 살기로 바둥거리고 난리를 치다가 결국 기진맥진해서 널브러졌다. 보호를 명목으로 내세웠지만 사실은 통제를 위한 것임을 알기에 단식투쟁이라도 하려 했으나 어찌나 배가 고프던지 맛있는 냄새를 풍기는 먹이를 포기하지 못하고 하루만에 꼬리를 내리고 말았다. 그날 이후 나는 귀여웠던 표정을 지어 본 적이 없다. 그저 적당히 포기하고 타협하며 세상을 달관하듯 살아간다.

미니멀 라이프가 유행이라지만 살림살이는 달랑 찌그러진 밥그릇 하나. 심심할 때는 이것을 뒤집어 놓고 이리 저리 굴리며 장난감으로도 쓴다. 목줄로 허락된 반경 2미터의 자유 공간에서 할 수 있는 놀이인 동시에 운동이다. 아침과 저녁 두 차례 먹을 것을 담아 주는데 늘 부족해서 허기가 진다. 먹은 것 같지 않은 사료 과자보다는 할아버지 식성을 닮아서 생선찌개나 육식이 좋기 때문에 아침에 잠을 깨면 주인집에서 어떤 음식을 먹는지가 제일 궁금하다. 가족들이 마당에 둘러앉아 화로에 숯불을 피워 고기를 굽는 날이면 덩달아 특식을 얻어 먹을 수 있다. 아무거나 잘 먹고 식욕이 왕성해서 주인집 잔반은 내 밥그릇에서 해결된다고 해도 과언이 아닐 것이다. 노부부는 내 먹이 주는 것 때문에 집을 오래 비우지도 못하지만 혹여라도 자식들 집이나 여행을 가게 되어 하루라도 집을 비우는 날은 꼭 밥그릇 채우는 당번을 정해 두고 가신다.

사람과 마찬가지로 개도 사랑을 받으면 예뻐진다는 게 주인 할머니 말씀이다. 그래서인지 '이쁜이'라는 이름까지 붙여 주었다. 사람마다 밉게 생겼다고 입방아를 찧고 가끔씩 오는 손녀들은 내다 버리라고까지 했지만 할머니는 변함없이 먹이를 줄 때마다 다정하게 이름을 부르며 예쁘다며 쓰다듬어 주신다. 명색이 나도 남자인데 생뚱맞기는 해도 예뻐지기를 바라는 할머니의 마음을 알 것도 같고 자꾸 듣다보니 못생겼다는 것을 잊어버리고 심지어 '내가 정말 미소년인가'라는 착각이 들 때도 있다. 회사 초년생이라는 손자가 다녀 갈 때는 내 이름을 부르고 다음에 올 때까지 잘 있으라며 손도 흔들어 준다. 살이 붙기 시작하고 어느 정도 덩치가 생기니까 내가 생각하기에도 정말로 예쁘고 멋지게 변하는 것 같다.

집을 나와 개고생을 시작하면서 지나치게 큰 목걸이를 사 오신 할아버지가 원망스러웠다. 목이 굵어져서 갓 낳았을 때 했던 목줄이 더 이상 맞지가 않자 앞날을 생각해서 큼직하고 튼튼한 것으로 구해 온 것이 너무 헐거웠던 것이다. 그럴 생각이 아니었는데 여자 친구랑 장난을 치다보니 얼떨결에 벗겨진 것이다. 기회다 싶어 미

친듯이 껑충거리고 뛰어 놀았고 꿈에도 생각지 못했던 가출까지 하는 계기가 된 것이다. 궁금했던 곳들을 기웃거리며 무리들과 동네를 한 바퀴 돌고 내친 김에 숲 속까지 헤매고 다니다 보니 해가 질 때까지 아무것도 먹지 못해 다리도 아프고 배가 고팠지만 그때까지는 집 생각이 전혀 나지 않았다. 부족한 먹이 때문인지 뼈다귀를 놓고 친구끼리 으르렁거리며 물어뜯어서 상처를 입힐 정도로 싸우는 끔찍한 광경을 목격하고서야 잠시 나갔던 정신이 돌아왔다. 인간이나 개나 다수가 모이면 밥그릇 앞에서 욕망을 잠재우지 못한다는 사실을 깨닫는 순간이었다. 나는 소리없이 무리들 틈을 빠져 나왔다.

사실 난 늑대 새끼처럼 생겼다고 보는 게 더 알맞다. 비록 물고 빨고 야단을 부릴 만큼 사랑스럽고 귀엽지 않지만 나름 수캐답고 야성적이며 개성있게 생겼고 주인에 대한 충성심과 뛰어난 귀가 본능이 있는 종자다. 본성대로 집으로 달려가고 싶었지만 별빛을 의지해서 찾아 가기에는 너무 멀리 와버렸기에 날이 새기를 기다렸다. 허기를 견디기 어려워 낯선 동네의 쓰레기통을 뒤져 나온 음식 찌꺼기를 먹었더니 배탈까지 나서 설사가 시작되었다. 할머니였다면 끓여서 식혀 주셨을텐데……. 쪽잠도 자는둥 마는둥. 모처럼 얻게 된 자유를 만끽하고 싶었지만 아프고 지친 몸으로 혼자 이겨낼 자신이 없었다. 주인집 내외의 따뜻한 손길과 나를 부르는 목소리가 그리웠다. 그들은 미운정 고운정 쏟아 부으며 나를 자식처럼 정성껏 키우셨는데 상심이 크실 것만 같았다. 집으로 돌아오는 길이 결코 쉽지는 않았다. 어려운 고비가 있을 때마다 할머니를 생각하면서 다시 힘을 냈다. 많이 헤매었지만 모든 감각을 총동원해서 왔던 길을 더듬어 우여곡절 끝에 해질 무렵에야 보금자리로 돌아올 수 있었다.

집에서는 사람들을 풀어 나를 찾아 헤맸지만 이틀째 찾을 수가 없었다. 할아버지는 목줄이 풀리자 옆의 암컷과 천진난만하게 껑충껑충 뛰고 행복해 하던 모습을 잊을 수 없다며 이제 자유를 찾아 떠났으니 돌아오지 않을 거라고 하셨단다. 하지만 할머니는 옛 정을 잊지 않고 반드시 돌아 올 것이라 믿고 계셨다. 집에 들어서자마 그간 내가 없어서 집이 텅 빈 것 같았다며 할머니는 맨발로 뛰쳐나와 나를 반겨주셨다.

오늘따라 유난히 반짝이는 별빛이 앞마당 가득 차분하게 내려 앉는다.

엄마의 텃밭

김순겸

냉장고를 열면 늘 첫눈에 들어오는 게 있다. 야채 박스 칸막이 한 쪽에 놓인 락앤락 통이다. 그 속에는 대두가 가득 담겨있다. 없애면 안 될 것 같아 그냥 둔 것이 어느새 13년째다. 엄마가 아프시기 전 친정집 텃밭에서 농사지은 마지막 수확물이다. 엄마가 건강해져서 씨앗 찾는 날을 대비해 시골 집 김치냉장고에 넣어 두었던 것을 보관 기간이 길어지자 남매들끼리 나눈 것이다.

매년 떨어지지 않으려는 겨울의 끝자락을 내치고 찾아오는 춘삼월이면 늘 그랬듯이 나는 엄마의 텃밭으로 연어처럼 간다. 비바람이 몰아치면서 문풍지를 심하게 흔들어대던 그 봄날 밤, 교통사고로 낯선 도시 아스팔트 위에서 쓰러지신 아버지를 뵈러 간다. 살면서 아버지의 존재감에 아프고 아팠던 시간들이 40년이 지났지만 여전히 그리움으로 남아 있는 곳, 바로 내 고향 충청남도 청양군 화성이다.

짐을 풀자마자 본능적으로 상큼한 공기에 취해 햇볕이 좋은 창고 앞 텃밭머리로 간다. 파아란 하늘 아래 맑고 따뜻한 햇빛은 얼굴의 온도를 적당히 기분좋게 올려준다. 양지녘에 있는 밭에는 가을에 발아하여 겨울을 지낸 후 봄에 꽃이 피면 생을 마감한다는 2년생 광대나물이 햇살 받은 만큼 잘 자라 넓게 자리 잡고 있다. 그 틈에 아기 손톱만한 크기로 남색의 앙증맞은 봄까치꽃이 자기도 봐달라고 수줍게 웃는다. 놀라운 것은 아직은 찬 바람이 부는데도 재촉하는 봄 소리를 들었는지 벌들이 꽃과 꽃 사이를 바삐 다닌다. 그 모습을 사진에 담은 후 스마트폰 갤러리에서 벌을 찾느라 눈 운동을 많이 했다. 그런 나의 모습을 지켜보던 언니는 초순에 벌을 보면 좋은 일이 생긴다고 덕담을 해줬다. 며칠 전에 미리 와서 집안에 온기를 돌게 한 언니 덕분에 제사를 지낸 후 안방의 온돌방에서 해마다 되풀이하는 가슴앓이와 함께 봄맞이에 고단한 몸을 뉘었다.

다음 날 아침 봄볕 따라 또 전 날 갔던 밭으로 갔다. 광대나물 사이로 여전히 벌들이 왔다 갔다 하는 틈사이로 하얀 별꽃이 보였다. 사계절 중 봄에 씨 뿌릴 때가 가장 좋다고 하신 엄마를 대신하여 그 텃밭을 가꿀 사람이 없다. 여느 때 같으면 가을에 심은 마늘이 겨울을 잘 견뎠다고 목을 쭈욱 내밀어 연두빛 눈 맞춤을 하려고 기다리고 있을 텐데…….

나는 안다. 다른 손님들이 인사를 하려고 땅 속에서 줄지어 기다리고 있다는 것을. 엄마의 텃밭 봄 손님들과 만남을 마무리하고 뒤돌아 부엌으로 갔다. 지난 여름 새 것으로 바꾼 하얀색 냉장고를 열었다. 엄마 냄새가 나지 않는다. 대신 살림꾼 언니의 손길이 곳곳에서 나타난다.

우리 집 냉장고에는 엄마의 텃밭이 있다. 그 곳에 홍역을 앓던 시절 사랑방에서 베 짜는 엄마 옆에 누워 있으면 베틀 사이를 왔다 갔다 하는 북을 잠시 놓고 내 이마의 열기를 식혀주면서 엄마가 손수 짰던 삼베를 같이 두기로 했다.

올해는 여월농업공원 도시 텃밭 농사짓기에 참여하기로 했다. 농부의 딸이지만 농사를 지어본 경험이 없다. 4월부터 토요일에 초보 농사꾼을 위한 교육에 참여하면서 푸성귀를 심고 거름 주고 김매면서 가꿀 예정이다. 흙냄새를 맡으면서 초록의 신선함을 맛보며 땀 흘릴 것이다. 엄마의 마지막 수확이었던 13년 전의 대두를 심어야겠다. 싹이 나올지 안 나올지는 나도 의문이다. 엄마의 냄새가 콩잎에서 느껴지는 그 날을 간절히 기다리면서.

우산장수와
짚신장수의 엄마

정인자

비가 온다는 예보에 메마른 대지를 적셔줄 단비를 기대했건만 무소식이다. 날은 더운데 이 와중에 집안이 시끄럽다. 아들은 돈을 빌려달라는 딸의 전화를 받더니 그때는 아무 말 없이 알았다고 해놓고 입금 한 후부터 속이 상한지 표정이 좋지 않다. 장사를 하는 딸은 급할 때마다 아들에게 돈 부탁을 하곤 했다. 거절하지 못하는 아들은 제 누나한테는 한마디 못 하면서, 나에게 몇 마디 불만을 늘어놓더니 그 불똥은 애먼 며느리에게로 튀었다.

"능력에 맞게 살아야지. 절약하며 살자던 초심을 잃었어."

평소 대범한 아들이 부아가 터진 것이다. 가끔씩 그럴 때 나와 며느리는 아들 없는 자리에서 아들 흉 한 보따리씩 쏟아내곤 한다.

"너한테 뭐라 하지 말고 자기 술값이나 줄이지."

"그러게 말이에요. 어머니! 술자리에서 술값은 앞장서며 내요. 이 달 카드 값이 얼마 나온 줄 아세요?"

며느리의 반격이 만만찮다. 가재는 게 편이라는데 남편 편을 들지 않고 나를 거들어 주는 며느리가 고맙다.

한 살 터울인 오누이는 어릴 적부터 투닥투닥 거리며 잘 싸웠다. 오죽하면 이러다 둘이 원수 되는 게 아닌가하고 걱정 하던 때도 있었을 정도다. 하지만 그것도 한때였다. 철이 들면서 종종 말로는 다투면서도 서로를 챙겨 주는 따뜻한 마음을 알 수 있어서 한시름 놓았었다.

딸은 고등학교 2학년과 초등학교 5학년 두 딸을 혼자 힘으로 키운다. 장사를 하다 보니 수입이 들쑥날쑥이다. 그러니 아쉬울 때는 제 동생에게 부탁을 할 수밖에 없다. 한참 많은 돈이 들어갈 나이에 자식 뒷바라지 하느라 자신은 뒷전이지만 지금 딸에게 있어서 삶의 의미는 자신의 두 딸이다. 아빠 없이 자라도 구김살 하나 없이 해맑은 손녀들의 모습을 보면 자식들을 위해 자신을 희생하는 딸의 노력이 낳은 결실처럼 여겨진다.

아들은 고등학교 3학년 때 건설현장에서 어른 일당을 받으며 스스로 벌었을 만큼 생활력이 강하다. 자기 힘으로 일본 어학연수를 다녀왔고 그 후로는 고졸 학력임에도 일본계 회사에 취직했다. 몇 년 전부터는 반도체와 관련된 자기 사업을 하면서 또래보다 빨리 기반을 잡았다. 아들이 근면 성실한 삶의 태도 덕분이다. 이런 아들 입장에서는 씀씀이가 큰 누나가 불만일 수밖에 없는 것이다.

엄마인 나는 다르다. 아니 엄마이기 이전에 20대 후반시절부터 딸과 같은 싱글맘으로 살아온 나로서는 10년 넘게 혼자 힘으로 두 딸을 키우며 잘 버티고 살고 있는 딸을 바라보는 시각이 다를 수밖에 없다. 시시콜콜한 잔소리보다는 응원 한마디가 더 힘이 될 거라는 걸 잘 알고 있기 때문이다. 그래서 나는 소리 내지 않지만 마음속으로 읊조린다. "조금만 기다려라. 누나도 큰 애가 고등학교 졸업하면 나아지지 않겠니? 너는 아직 아이들이 어려 돈 들어 갈 데가 적어서 네 누나 입장을 다 모를 거다."라고.

아들의 불만은 더 이상 커지지 않고 조용히 마무리 되었지만 이럴 때마다 중간에 있는 나는 가시방석에 앉아있는 기분이다. 딸도 아들도 그 누구편도 들 수가 없으니 말이다.

우산장수와 짚신장수 이야기가 생각난다. 날이 맑으면 우산장수 아들이 걱정되고, 비가 오면 짚신장수 아들을 걱정하는 어머니. 열 손가락 깨물어 안 아픈 손가락이 있겠는가. 두 자식을 지켜보는 지금 내 심정이 꼭 그런 것이다. 이럴 때 가진 게 많은 엄마였다면 쉽사리 해결될 문제이지만 현실은 가진 게 아무것도 없는 마음만 부자인 엄마이다. 아니다. 내가 가진 게 많은 엄마였다면 아들딸이 지금처럼 사막에 던져 놓아도 꿋꿋하게 살아 갈 강한 힘이 없을지도 모른다며 나만의 위안을 삼아본다.

산다는 게 산 넘으면 산이 기다리고 강 건너면 또 강이 기다리듯이 이번에도 우리 가족은 작은 산 하나를 넘었다. 모든 이들이 세상 살이가 똑같으면 재미없다는 걸 알면서도 내 자식의 일이기에 속이 상하다. 조금 더 시간이 흘러 외손녀들이 성인이 되면 그때는 내 마음의 짐도 한결 가벼워질 것이다. 날이 흐려서인지 미세먼지 때문인지 하늘이 뿌옇다. 화사한 햇살이 내리 쬐는 청명한 날이 기다려진다.

자매

이복례

몇 달 전 대학 4학년 재학 중인 늦둥이 딸이 여름방학이 되어 동유럽 여행을 하고 싶다고 했다. 친한 친구들 중 해외여행 경험이 있는 친구하고 함께 다녀오면 되지 않겠냐고 말했는데 마땅한 짝을 찾지 못하는 것 같았다. 며칠 후 제 언니랑 전화 통화 하면서 이런 저런 얘기를 하다가 졸업하기 전에 해외여행을 가고 싶은데 혼자서는 엄두가 나지 않는다고 했단다. 그러자 아홉 살 터울인 친구같은 언니가 흔쾌히 같이 가주겠다고 한 것이다.

딸은 가고 싶은 나라들과 일정을 세우고 16박17일의 비행기 티

켓을 예매했다. 도서관에서 여행책들을 여러 권 빌려오고 로맨틱 기차여행 유럽 책도 구입했다. 인터넷 검색으로 여행정보 뒤지기에 여념이 없었다. 수시로 제 언니랑 전화하면서 어디를 가서 무엇을 하고 무슨 음식도 먹어보자고 수다를 떨면서 깔깔댔다. 벌써부터 마음은 그곳에 가 있었다. 여행에 필요한 것들을 사들이며 준비를 하면서 환하게 웃는 작은 딸을 보니 내 마음도 기뻤다. 젊을 때엔 가고 싶은 곳도 많고 해보고 싶은 것도 많았지만 그 시절엔 쉽지 않았으니 나이 들면서 아쉬움이 많았다. 그나마 딸들이라도 젊은 날에 하고 싶은 것 다 하길 바라는 마음이 간절했던 터였다.

기다리던 D-day 12일이다. 13일 0시 20분 출발 비행기라서 큰 딸이 오후 5시까지 집으로 동생을 데리러 오겠다고 했다. 둘째는 소풍 가는 아이처럼 셀레임으로 새벽이 되어서야 잠이 들어 10시에 일어났다. 좋아하는 거라도 먹여 보내고 싶어 물었더니 추어탕이란다. 공대생이라서 그런지 꽃다운 나이의 처녀답지 않게 옷 입는 것도 털털하고 먹는 것도 제 아빠를 빼닮았다. 하필이면 추어탕이냐는 소리가 입에서 저절로 나오는데 차마 싫은 소리를 하질 못했다. 물어본 내가 잘못이라고 생각하고 근처 추어탕 집에 가서 포장을 해왔다. 원님 덕에 나팔 분다더니 사다 먹어서 그런지 맛이 좋았다. 직접 만들어주지 못해서 조금 아쉬웠지만 그래도 먼 길 떠나는 딸이 원하는 걸 챙겨줬다는 생각에 마음은 편했다.

핸드폰이 울렸다. 5시까지 오기로 했던 큰 딸이 여섯시까지 도착한단다. 트렁크를 세트로 샀는데 작은 걸 동생에게 쓰라며 짐을 한

쪽에 정리해 놓고 옷만 입고 기다리라고 했다. 여섯시 조금 지나서 '딩동' 초인종이 울리고 문을 열고 큰 딸이 트렁크를 들고 들어섰다.

"준비하라고 했더니 여태 뭐하고 있었니?"

"응~나 이렇게 가려고⋯⋯."

라운드 검은색 면티에 짧은 검은색 면 팬츠 차림이다. 집에서 늘 하고 있던 편한 일상복 그대로다. 큰 딸은 영 못마땅하다는 표정을 그대로 드러냈다. 안되겠다 싶어서 내가 나섰다.

"늦은 밤 출발이고 긴 시간 비행기 안에서 보낼텐데 뭐. 지 편한 대로 내버려둬."

큰 딸은 서슬 퍼런 눈초리로 제 동생을 보며 다시 화풀이하듯 말을 던졌다.

"어휴. 정말, 동네수퍼 가는 것도 아니고. 너는 TV도 안보고 사니. 요즘 애들 옷만 잘 입더구만."

갑자기 분위기는 싸늘해지고 막내의 눈에 눈물이 맺히는 게 보였다. 그걸 보니 내 마음이 시렸다. 막내 딸을 안아주며 늦은 시간이라 보는 사람도 없으니 편하게 입고 가는 게 잘하는 일이라고 토닥였다. 물론 나도 막내가 처음 가는 해외여행인데다 20대 초의 예쁜 나이이니 멋진 공항패션으로 입었으면 하는 기대도 해 보았다. 하지만 일찌감치 포기했다. 작은 딸은 공대생이어서 멋과 예쁜 것 하고는 거리가 먼 자기 편안함만 추구하는 스타일의 옷을 즐겨 입었다. 큰 딸의 차도녀 같은 말투와 인상을 보면서 즐거운 날 왜 저러는가 싶으면서도 한편으로는 사랑하는 동생을 위해 경비와 시간을 내서 즐거운 추억을 만들어 주고 싶은 언니의 마음이기 때문이라는 걸 나는 알고 있다. 애써 모른 척 하고 넘어갔다.

준비해 놓은 옷 가지들과 신발 등을 트렁크에 담더니 두 딸은 집을 나섰다. 막내는 큰 죄나 지은 사람처럼 제 언니 뒤를 말없이 따라갔다.

집 안은 찬 물을 끼얹는 것처럼 싸늘함과 적막감이 돌았다. 식탁 의자에 앉아서 마음을 달래며 딸들을 위해 기도를 하고 문자를 보냈다. 평소 친한 친구처럼 잘 지내는 자매답게 즐거운 마음으로 여행 다녀오라고 잔소리 같은 당부를 했다.

한참 후에야 큰 딸로부터 답장이 왔다.

"ㅋㅋㅋ 잘 다녀 올게유~~~ 사랑해유."

하트까지 날리면서 아무일도 없던 것처럼 둘이 정답게 활짝 웃으며 찍은 예쁜 사진도 보내왔다. 순간 잠시나마 막혀있던 가슴이 시원해지면서 입가에는 엷은 미소가 번졌다. 요즘 시대는 나이들수록 남자 형제들보다는 자매들이 우애가 좋으니 우리 두 딸들도 서로 챙겨주고 의지하며 잘 지낼 것 같다는 생각이 들어 마음은 한결 편해졌다.

쇼파에 기대어 잠시 눈을 붙일까 했는데 그때였다. 한 달 전 휴가 기간 동안 보고 온 시골의 언니 생각이 났다. 언니는 4남 3녀 중 셋째로 태어났다. 오빠들이 중 고등학교를 졸업하고 서울 삼선동에서 객지생활을 시작할 때 언니는 초등학교 갓 졸업하던 시기였다. 열네 살의 나이에 오빠들 밥해주기 위해 따라 올라와 온갖 고생을 다 한 그녀다. 그 와중에도 중학교를 야간으로 다니며 고단한 삶을 자청했을 만큼 생활력이 강하고 매사에 열정적이었다.

어느새 언니는 육십이 넘었다. 하지만 여전히 부지런하고 예나 지금이나 집안의 궂은 일은 도맡아 한다. 우리 7남매 중에 가장 든든한 나무다. 엄마처럼 따뜻하고 다정한 언니가 있어서 늘 심적으로 위로가 된다. 힘든 일이 있어도 좋은 일이 있어도 늘 언니와 제일 먼저 소통하면서 의지를 하곤 한다. 이런 언니가 있어서 감사할 따름이다. 아무래도 더 시간이 흐르기 전에 언니와 국내 온천여행이라도 한번 가야겠다는 생각을 했다.

"언니! 건강하게 오래 오래 행복하게 살아야 해. 알았지?"

낙지 같은
손자 사랑

이양순

"쾅" 하는 폭음과 함께 순식간에 화장실이 맥없이 무너져 내렸다. 마당에서 고구마 줄기 잎을 따던 할머니는 예견된 사고라며 변소가 무너지면 당장 어디 가서 볼일을 보냐며 발을 동동 굴렀다. 할머니 얼굴은 화가 잔뜩 올라 벌겋게 상기된 모습으로 아버지를 나무라기 시작했다.

무너진 화장실 앞에 가보니 주변에 희뿌연 먼지가 퍼져있고 놀란 닭들이 집 옆 감나무 위로 올라가더니 갑자기 홰를 치며 "꼬끼오." 하며 울기 시작했다. 새벽에만 우는 닭들도 대낮에 합창하는 이

상행동을 하는 걸 보니 많이 놀란 모양이다. 화장실 바닥에 등겨를 깔아놓은 부드러운 재 위에서 시간만 나면 앉아있던 송아지가 천장이 무너지자 놀랐는지 허옇게 재 먼지를 뒤집어 쓴 채로 무너진 잔해더미를 헤치고 나오려고 이리저리 몸을 허둥대고 있었다. 하얗게 분칠한 송아지가 무너지지 않은 벽 틈새로 겨우 빠져 나왔다. 다행이 송아지가 깔려 죽지 않고 살아있어서 안심됐다.

"아그들 안다친 게 그나마 다행여. 내가 며칠 전부터 변소 서까래 무너지기 전에 손보라고 누누이 말했는디 뭣이 그렇게 바쁘다고 신경 안 쓰더니 변소가 폭삭 내려 앉아 부렀당께, 내 말 안 들어서 생긴 일이여."

할머니는 화가 가라앉지 않은지 아버지를 향해 비난을 퍼부었다. 논에 나갔던 아버지는 삽을 어깨에 걸치고 오다가 무너진 화장실을 보더니 어이가 없는지 빙그레 웃었다.

"할머니, 변소 부서져서 아버지가 징하게 기분이 좋은가 보지라우."

속도 모르는 여동생은 폐허가 된 화장실을 보고 어이없어 웃는 아버지를 보고 신나는 일이 생겼다고 생각한 것 같았다.

시골 재래식 화장실은 흙돌담으로 지어진 오래된 건물인데다가 여름철 홍수가 나면 냇물이 화장실벽 아래까지 물에 잠겨서 언제부턴가 흙돌담이 평행을 유지하지 못하고 약간 곡선으로 휘어져 간 것이 날이 갈수록 수평이 틀어져만 갔다. 재래식 화장실에서 볼일을 볼 때마다 머리 위에 서까래도 제 자리에서 틀어져 간다고 생각하고 무너져 내리면 어쩌나 하는 불안감에 볼일을 보면 후다닥 나오기 일쑤였다.

아버지는 할머니의 타박을 듣고도 못들은 척 하며 우선 사람이 들어갈 수 있는 공간을 만들기 위해 흙 돌무더기를 치워서 임시로 사용할 수 있도록 조치를 해 났다. 평소 모든 일을 완벽하게 해내는 아버지가 화장실 서까래가 내려앉을 정도로 위험한 상태가 되도록 방치했다는 게 이해가 가지 않았다. 할머니가 화를 낸 이유가 그것이었다. 만약에 화장실 지붕이 붕괴되면 가족들이 다칠 것을 우려해서 몇 번이나 무너지기 전에 고치라고 말씀하셨지만 아버지는 손을 쓰지 않고 방치했다. 결국 우려했던 일이 터진 것이다. 지붕 서까래가 우지직 부러져 버렸다. 지붕이 폭삭 무너져 내리자 당신의 말이 무시된 것 같아서 할머니는 좀처럼 화가 가라앉지 않는 것 같았다.

"내 말만 들었어도 요로코롬 무너지지는 않았을 것인디 내 말 안 들어서 생긴 일이여, 산에 가서 나무 하나 비어다가 서까래 받쳐 놓으면 끝나불 일인디 인제는 우리 아그들이 고생하게 생겼당께."

전쟁터를 방불케 한 사건 현장에서 할머니는 펄쩍 뛰며 화를 삭이지 못했다. 만약에 사람이 들어있는 상태에서 무너진 잔해에 깔려 변고라도 당했다면 어찌할 뻔 했는지 생각만해도 아찔했다.

다음날부터 무너진 화장실 잔해를 치우고 새로 짓기 시작했다. 산에서 큰 나무를 베어다가 목수 아저씨가 날마다 우리 집에 와서 톱으로 나무를 자르고 서까래를 세우고 벽도 세웠다. 드디어 화장실이 완공되자 제일 좋아 하신 분은 역시 할머니였다. 손주들이 불편해 하면 당신 마음은 더 불편했었다.

할머니의 손자들 사랑은 유별났다. 그 중에서도 큰 손자인 오빠를 유난히 사랑스러워 했다. 할머니를 제외한 가족들은 다 보리밥을 먹어도 할머니 밥그릇은 놋그릇에 하얀 쌀밥이 담겨져 나왔다. 할머니는 오빠 밥그릇에 쌀밥 한 숟갈씩 슬쩍 얹어 놓는다. 우리들은 침을 꿀떡 삼키며 오빠 밥그릇을 힐끔거리며 봤다. 할머니는 5일장이 든 날에는 읍내 장에 갔다 돌아 올 때는 언제나 생선을 사와서 저녁밥상을 풍요롭게 했다.

그날도 장에 가신 할머니는 산낙지를 사서 버스에 올랐다. 공교롭게도 하교시간에 오빠가 같은 버스에 탄 것을 할머니가 봤다. 버스 안에는 오빠 친구와 남녀공학인 관계로 여고생들도 타고 있었다. 버스 안에 같이 탄 여학생들의 시선이 부담스러운 오빠는 여학생들 틈에 있기가 멋쩍은 상황이라 할머니를 피해서 멀찍이 안쪽에 서 있는데 갑자기 버스 안에서 할머니의 커다란 목소리가 울려 퍼졌다.

"오메 내괴기! 내괴기!"

창피한 생각에 슬며시 할머니 쪽을 봤더니 산 낙지가 양푼에서 기어 나온 바람에 도망간 낙지를 훔쳐 담고 있었다. 차 안에 다른 사람들의 시선이 일제히 할머니에게 모이자 감수성 많은 고등학생인 오빠는 유별난 할머니의 행동이 부끄러워서 고개만 숙이고 있었다. 얼마간 조용하다 싶더니 또다시 할머니의 다급한 목소리가 흘러나왔다.

"오메 내 괴기 도망가네."

살아서 치마폭으로 기어나간 낙지를 손으로 집어서 양푼에 담아

내자 버스 안에 탄 승객 들이 달리는 버스 안에서 이리저리 흔들리면서 재미있는 구경거리처럼 바라보며 웃고 있었다. 여학생들 속에서 양푼을 들고 "내 괴기"를 외치는 할머니의 손자라는 것이 알려지는 순간이었다.

"시방 남의 괴기를 그냥 가져 가것단 거요? 택도 없는 짓 하지도 마쇼 잉."

양푼에서 기어나간 낙지소동이 있은 후 버스 선반 위에 올려둔 할머니 낙지 양푼을 가지고 슬며시 내리려고 한 남자를 향해서 냅다 소리를 질렀다. 차가 집 근처 정거장에 도착하자 할머니는 산 낙지 양푼을 들고서 버스에서 부리나케 내렸다. 그리고는 차에서 아직 내리지 않은 손자가 나오기를 기다렸다. 아무리 기다려도 나오지 않자 버스 안을 들여다보더니 나오지 않은 손자를 찾고 있었다. 마치 내가 아무개의 할머니라는 것을 강조하듯……

"○○야! ○○야! 빨리 내리지 시방 뭣 하고 있다냐."

그제서야 오빠는 하는수없이 벌게진 얼굴로 차에서 내렸다. 손자를 보자 할머니는 손을 덥석 잡고 집으로 향했다. 평생 당신 곁에서 떨어지면 안되는 보물인양 할머니의 손엔 힘이 들어가 있었다. 손자를 향한 할머니의 애정은 옷에 붙어서 떨어지지 않은 산 낙지 같은 끈끈한 사랑이었다.

"나! 절 안 받는다"

조미라

어렸을 적 설날은 매우 행복했다. 설 이틀 전쯤이면 연례행사처럼 엄마와 함께 목욕탕에 가서 묵은 때를 깨끗이 씻었다. 목욕탕을 나설 때면 몸은 날아갈 듯이 한결 가볍게 느껴졌다. 개운하고 상쾌한 기분으로 집에 오면 엄마는 새로 사둔 설빔을 주셨다. 엄마가 골라준 옷은 언제나 100% 내 마음에 들었다.

엄마의 설빔에는 특별한 배려가 숨어 있었다. 명절 준비를 위해서는 보통 1차 시장을 보는 예비 장보기와 2차 시장을 보는 본 장보기를 하는데 엄마는 예비장을 볼 때 나를 시장에 데리고 갔다. 이때 옷가게에서 내가 좋아하는 옷이 어떤 옷인지 점 찍어 두었다가 그 후 두 번째 장을 볼 때 옷을 사 오셨다. 처음에는 잘 몰랐다. 엄마가 어떻게 이렇게 귀신같이 내 마음에 드는 옷을 사 오는지. 오빠들 옷을 사줄 때는 그냥 엄마 취향대로 사 오는데 내 옷을 사줄 때는 늘 내 취향을 존중해 준 것 같다. 여자아이라서 그랬을까. 정확한 이유는 아직도 잘 모르겠지만 설이면 엄마는 늘 설빔과 세뱃돈으로 우리를 행복하게 해 주셨던 기억이 남아있다.

올해도 어김없이 설을 맞이했다. 동서와 내가 각기 준비해온 음식으로 설날 아침을 맞이했다. 아침을 먹고 나면 동서네는 부리나케 일어선다. 친정 아버지지의 위패를 절에 모셨기 때문에 자식으로서 차례를 모셔주는 시간에 가야 한다는 이유 때문이다. 별 불편함은 없다. 사촌동서네 가족도 오긴 하지만 식사 시간을 피해서 오기 때문에 동서가 없는 것에 대한 부담은 크지 않았다. 이들마저 가고 나면 남아있는 우리 가족과 어머니는 점심 먹기 전 윷놀이를 한다. 윷을 놀면 어머니의 성격이 적나라하게 드러나지만 우리 모두 어머니에게 맞추어준다. 평소에는 다들 직장일로 바쁘기 때문에 홀로 계신 어머니와 놀아드리지 못한다는 미안함 때문에 1년에 한 번씩 하는 윷놀이에서 만큼은 어머니를 즐겁게 해주려고 애쓴다. 점심을 먹고 나면 내가 움직일 차례다. 집에 들려 잠시 쉬었다가 친정으로 간다. 오전에 쏟은 에너지를 보충하기 위함과 저녁 시간에 맞추어가야 친정표 만두와 감주, 녹두전, 물김치 등을 맛있게 먹을 수 있다는 의도도 깔려있다.

저녁을 먹을 즈음 친정에 도착한다. 엄마는 우리 가족을 반가이 맞아주지만 한편으로는 부담을 갖고 있는 것 같기도 하다. 딸과 사위는 안주더라도 손자들에게는 세뱃돈을 주고 싶은데 그럴 수 없는 당신 형편이 싫은 눈치다. 그래서 애꿎은 몸이 아프다는 핑계로 넘어가곤 했다.

오빠들의 사업실패만 아니었다면 엄마는 아버지가 남겨준 연금으로 살기에 충분하다. 그러나 이 돈은 당신이 쓰지도 못하고 사업에 실패한 막내아들 차지로 돌아간다. 그래서인지 자식들 때문에 마음고생이 많은 엄마는 어느 근거에서 나왔는지는 모르겠지만 몸이 아픈 사람에게는 절을 하는 게 아니라면서 계속 절은 받지 않겠다고 했다. 몸이 아픈 사람에게 절을 하면 일찍 죽는다나? 이번 설에도 아무런 근거 없는 속설을 대면서 엄마는 절을 안 받겠다고 했다. 진짜 이유는 세뱃돈이 없어서라는 것을 나는 너무도 잘 알고 있는데.

"엄마, 받으세요~ 아이들이 인사하러 왔는데." 했더니 "아니 괜찮다. 받은 것으로 하마." 순간 세뱃돈 그거 왜 생긴 건지? 그냥 덕담만 해주면 안되나! 하는 생각마저 든다. 내가 그랬던 것처럼 세뱃돈을 받는 입장에서는 불로소득이 생겨 좋지만 주는 입장이 되면 큰 부담이다. 가정마다 경제 사정은 좋지 않은데 세뱃돈 액수는 왜 이리 껑충 뛰었는지 모르겠다. 5만 원짜리 지폐가 나온 이후로는 아이들에게도 만 원짜리보다는 5만 원짜리 하나씩 주니 몇 십만 원이 훅 날아간다. 나도 부담스러운데 엄마는 오죽할까 .

엄마가 절을 안 받는 이유는 한 가지가 더 있다. 큰 아들이 안 와서다. 일찍 아내와 사별하고 혼자 살아가는 큰 아들이 늘 엄마 마음에 걸리는데, 사업마저 안 되다 보니 더욱 안쓰러워하신다. 설날 아침 큰 아들이 전화로 이번 설에는 못갈 것 같아 죄송하다는 소리를 들었단다. 혼자된 큰아들이 잘 먹기는 하는지? 엄마에게는 아들 나이 60이 넘었어도 걱정스럽고 와서 따뜻한 떡국을 먹었으면 하는 마음이 가득한 것이 눈에 보인다. 아들 입장인들 편하겠는가. 설이 부담스럽고 죄스러울 거다. 있을 때는 형제들에게 베풀고 부모님 용돈도 넉넉히 드리곤 했지만 지금은 용돈 드릴 형편도 안 되고 조카들에게 세뱃돈 줄 형편이 안 되니 설날이 되어도 오지 못하는 것 같다.

엄마는 이래저래 속상하고 쓸쓸한 마음이라 "나 몸이 아파 절 안 받는다 그러니 어서 저녁이나 먹자!" 하면서 감추려고 하지만, 이런 엄마를 보는 딸의 마음은 아프다. 준비해간 용돈도 드려야겠기에 "엄마가 업어 키운 외손자들이 벌써 직장을 다녀 할머니께 용돈 드린다고 봉투에 담아왔는데……. 절 받고 덕담도 해주셔야 그 말씀으로 아이들이 한해를 힘차게 살지 않겠어요?"라고 했더니 그제야 조금 얼굴이 풀리는 것 같았다. 엄마 얼굴을 보니 무슨 덕담을 해줄까 싶어 순간적으로 고민하는 모습이 역력했다. 남편과 아이들 모두 엄마에게 건강하시라는 세배를 드리자 엄마는 아주 흡족한 미소를 지으면서 "너희들도 건강하고 행복해라." 하는데 왠지 마음이 짠하다. 오빠가 사업을 하지 않고 그냥 직장생활을 했으면 지금과 같은 불황에 힘들지도 않을 것이고, 이를 보는 엄마도 힘들지 않았을 거라는 부질없는 생각을 해본다.

나의 노력으로 몸이 아파 절 받지 않는다던 엄마의 얼굴이 잠시 펴졌지만, 엄마의 마음에는 나 혼자만이 채울 수 없는 다른 자식에 대한 빈 공간이 있다는 것을 나도 자식을 키워보니 알겠다. 엄마의 마음 속 나의 공간만큼은 내가 잘 채워 드려야겠다는 생각이 든다. 엄마의 나머지 빈 공간이 빨리 채워졌으면 좋겠다.

또 다른 동행

남태일

몇 년 전이었다. 친구로부터 반려견 장례식에 같이 참석하자는 연락이 왔다. 남편이 다른 여자와 눈이 맞아 가출을 한 후 돌아오지 않아 마음의 상처가 컸던 친구 누님은 반려견과 암울한 10년이란 세월을 함께 보냈단다. 그런 반려견이 음식을 잘못 먹고 죽게된 것이다. 사실 나는 반려견의 장례식에 참가하러 가는지? 아니면 그 누님을 위로하러 가는지? 몹시 혼란스러웠다.

장례식장에 들어서자 친구의 누님은 매우 슬퍼했다. 반려견 초롱이가 같이 있어 주었기 때문에 그 아픈 10년을 견딜 수 있었다면서 눈물을 흘렸다. 자기 마음을 자주 숨기는 인간과는 다르게 반려견은 거짓이 없고 정직성과 충성심이 있기 때문에 변을 치우거나 사료를 주고 병 치료를 해주는 귀찮음보다 훨씬 더 소중한 존재였다고 했다. 이를테면 그녀에게는 영혼적인 교류와 교감이라는 큰 선물을 주었던 존재가 그 반려견이었던 것이다.

개나 고양이도 가족구성이 되고 있는 시대다. 국내에서 반려동물을 키우며 함께 사는 인구는 1,000만 명이 넘어가고 있다고 한다. 그래서일까. 지인이 2008년 부천 심곡동에서 동물병원 문을 열 때만 해도 주변에서는 처음이었으나 8년이 지난 지금은 동물병원이 5개점으로 불어났고 찾아오는 손님도 많아졌다고 한다.

사람은 만족감과 존재감을 얻는 동시에 고독감을 해소하기 위하여 주인에게 기쁨과 즐거움을 주는 반려동물들을 키우고 있다. 사람들이 동물을 기르는 것은 선사시대 주거지나 무덤에서 발굴되는 그림이나 50만 년 전의 조각품을 보면 개는 구석기시대에 이미 가축화 되었다는 것으로 알려진다.

사람들이 애완동물을 기르는 것은 인간 심리상의 보편적인 욕구를 만족시키는 행위라고 한다. 인간은 언제나 스스로에 대한 존재감을 요구한다. 물질이 고도로 발전하고 생활이 편리하게 만들어 질수록 인간과 인간간의 교류가 메말라가고 있다. 1인 가족이 많아지고 노령인구가 늘어나면서 반려동물인구가 많이 늘어나고 있는 게 사실이다. 인간이란 누군가 내가 존재하고 있음을 알아주기를 바란다. 일례로 노인들이 잔소리를 많이 하고 자꾸 무슨 일에 간섭하려는 것 역시 자신의 존재감을 타인에게 표현하려는 행위다. 가족이나 이웃 그 누구도 자신에게 관심이 없지만 함께 사는 동물만큼은 다르다. 경쟁사회 속에서 지치고 스트레스를 많이 받은 후 아무도 없는 쓸쓸한 집으로 돌아왔을 때, 강아지가 달려와 꼬리를 흔들고 귀엽고 순결한 눈으로 바라본다면 일상의 고달픔 속에서 빠져 나올 수 있고 마음의 위로를 찾을 수 있 때문이다. 현관문을 열기 무섭게 개나 고양이가 달려와 반가워하고 자식처럼 품에 안겨 입맞춤까지 하는 등 애정을 표현하는 게 사실이다.

비교적 여성들은 남성들보다 반려견을 더 많이 기르는 편이다. 우리 이웃집 김씨 아줌마도 반려견을 자식 이상으로 여긴다. 반려 견은 열네 살이고 갑상선에 병이 생겨 수술하는데 300만 원이 필요하다고 의사가 말하자, 한 달 월급이 160만 원 밖에 안 되는 그녀는 서슴지 않고 수술하는데 사인을 했다고 한다.

인간이란 많은 재산과 돈을 가지고 있어도 항상 자기보다 더 높은 사람들과 비하기 때문에 늘 열등감 속에서 시달리며 산다. 그러한 열등감을 해소하고 자기의 존재감을 확인하는 방법 중 하나는, 간단한 것으로도 만족하고, 더 많은 것을 요구하지 않는 반려동물을 통해 대리 해소하려는 심리적 경향도 있다. 나 역시도 푸들을 키우고 있는데 밖에서 활동 중 마음의 상처를 입고 지친 몸으로 집으로 돌아왔을 때 반려견과 교감하면 마음속의 평화가 찾아들곤 한다.

반려동물을 가족으로 여기며 생활하는 현대인들을 볼 때 반려견과 인간의 관계는 단점보다는 장점이 우세하다. 다만 우리나라의 경우 반려동물에 대한 관리가 아직 소홀한 곳이 적지 않은 게 현실이다. 우리 동네에도 주인이 없는 개와 고양이가 여기저기서 눈에 띈다. 때로는 밤중 골목길에서 갑자기 튀어나와 오가는 이들을 놀라게 만드는 일도 종종 발생한다.

애완동물과 사람이 유대감을 형성하기 위해서는 주인과 애완동물이 함께 교육을 받는 시스템을 구성해야 한다. 뉴질랜드의 경우 애완동물을 사육하면 반드시 동사무소, 애완동물 관리 센터에 가서 등록을 해야 하고 정기적으로 주인과 애완동물이 같이 훈련과 서로 교감하는 기술을 배운다. 또한 애완동물을 학대할 때 엄격한 처벌을 하고 애완동물을 더는 사육하는 능력이 없을 때는 애완동물 관리센터에 신청 및 신고하여 처리해야 한다. 애완동물과 외출 시에도 반드시 신경 써야 할 것이 있다. 함께 밖으로 다닐 때는 목줄을 착용하여 노약자들의 안전을 보장 해주어야 하며 함부로 변을 방치할 때는 엄중한 처벌을 받기도 한다.

애완동물과 인간의 관계는 금전으로 계산할 수 없는 서로 사랑과 애정을 나누는 특별한 관계를 형성하고 있는 것이 현실이다. 때문에 애완동물을 법적으로 관리하는 이외로 애완동물을 많이 사랑하고 보살펴 주면 애완동물도 인간에게 그만큼 환락과 즐거움을 선사할 것이다.

아버지 초상

채리경

상처가 난 손가락에 반창고를 붙인다. 경력이 20년 된 베테랑
인데 바늘에 오른손 검지 손가락이 찍혔다. 조금씩 새어 나오는 피
가 행여 옷감에 묻을까 얼른 반창고를 붙인다. 미세한 상처이지만
며칠 동안은 물이 닿을 때마다 쓰라릴 것을 생각하니 미간이 찌푸
려진다. 갑자기 미싱 앞에 앉을 마음이 생기지 않는다. 문 앞에 있는
정수기에 믹스커피를 타서 살짝 공장을 빠져나왔다.

30년 된 아파트 지하에 있는 공장에서 나오니 화단에 하얀 목련
이 눈부시게 피어있다. 벌써 봄이구나. 봄이 오는 줄도 모르고 지하

에서 미싱을 하다 손가락이 박힌 나를 생각하니 괜히 서글퍼진다. 쏟아지는 오후 햇살 속에 하늘을 향해 하얗게 핀 목련을 보는 서글픈 맘을 달달한 커피가 달래주길 바라며 한 모금 마신다. 조용한 아파트 단지. 화단 벽에 붙은 환풍기를 타고 미싱이 돌아가는 시끄러운 공장 소음이 밖으로 새어 나온다.

햇살이 눈이 부시다. 괜한 눈물이 주루룩 볼을 타고 흘러내린다. 처음 미싱에 손가락이 박혔을 땐 손가락에 박힌 바늘에 너무 놀라 비명을 지르고 미싱다이에 엎드려 서럽게 울었었다. 봉제를 하는 일이 업이 되면서 손의 상처들은 기술의 노하우가 되고, 손가락에 박힌 바늘을 뺀찌로 뽑는 것도 익숙해졌다. 그래서 아버지도 그때 울지 않았던 것일까? 아버지의 흰 런닝 같은 하얀 목련을 보며 흐르는 눈물을 훔친다.

어린시절 아버지의 봄은 눈부신 따뜻한 햇살을 부숴버릴 듯한 벽돌공장에 울려 퍼지는 기계소리로 시작된다. 쏟아지는 햇볕의 한 가운데 흰런닝을 입은 아버지는 마도로스처럼 구릿빛 근육의 팔로 기계를 운전했다. 꽃샘추위에도 아랑곳 않는 건강했던 그 모습은 겨울 추위에 삭막했던 벽돌공장에 활짝 핀 목련 같은 생기를 준다.

아버지의 기계소리에 맞춰 알록달록한 꽃무늬 몸빼바지와 수건을 덮어 쓴 챙모자에 팔토시를 한 대여섯 명의 아줌마들이 지시를 따르는 선원들처럼 바쁘게 움직인다. 커다란 오븐 같은 기계의 왼쪽에서 한 아저씨가 시멘트를 고루 섞은 모래 반죽을 삽으로 벽돌기계 틀에 넣어주면 아버지는 능숙한 솜씨로 운전대를 움직인다.

"드르르르륵 드르르륵"

허공을 흔드는 요란한 기계소리가 멈추면 아줌마들은 계란판 꺼내듯 조심스럽게 시멘트 벽돌을 기계에서 꺼내간다. 그녀들은 나무판에 여섯 개씩 얹혀 있는 잘 빚은 메주 같은 네모반듯한 벽돌로 너른 공장바닥을 촘촘히 메워갔다. 귀를 먹먹하게 하는 기계소음과 간간히 들리는 흥에 겨운 아버지의 말소리, 깔깔거리는 아줌마들의 웃음소리로 해마다 벽돌공장의 봄은 시작되었다. 벽돌 찍는 일이 끝나면 아버지는 벽돌이 마를 때 마른메주처럼 갈라지거나 터지지 않게 봄비가 내려앉듯이 수시로 물을 뿌려주었다. 어떤 날은 뙤약볕 아래에서 벽돌을 찍던 아버지는 인부들의 간식으로 나온 빵과 우유를 먹지 않고 공장을 운동장 삼아 놀고 있는 나에게 주기도 하고, 때론 양은 냄비에 국물이 흥건한 퉁퉁 불은 라면을 끓여주기도 했다. 나를 데리고 다른 공장으로 일 하러 가던 날엔 당신은 도시락의 찬밥을 떠먹으면서 나에겐 따뜻한 국물을 얻어다 주시기도 하고, 인부들이 한잔씩 하던 빈 막걸리통을 모아다가 고물상에 팔아서 과자를 사 먹으라고도 했다.

그날도 일렁이는 바다처럼 공장바닥을 메운 벽돌에서 아지랑이가 꿈틀대는 봄이었다. 순항하는 배처럼 파도를 타듯 움직이던 인부들이 갑자기 멈춘 기계소리에 정지화면처럼 멈췄다. 아버지의 손에서 붉은 피가 뚝뚝 떨어졌다. 인부들은 놀라서 우왕좌왕 했다. 하지만 아버지의 얼굴엔 아무 표정이 없었다. 사장의 차를 타고 나간 아버지는 오른손 검지 손가락에 하얀 붕대를 칭칭 감고 돌아왔다. 뒷

마당 빨랫줄에 아버지의 런닝구가 시들은 목련처럼 축 늘어져 바람에 나부끼던 어느 날 우리 가족은 공장을 떠났다. 그 후로 아버지는 이런 저런 일을 했지만 아버지의 봄은 오지 않았다.

사람들 중엔 가난한 사람들을 두고 그들이 게으르기 때문이라고 조롱한다. 하지만 한 경제학자는 돈 버는 것도 재주라고 했다. 영웅과 마찬가지로 부자는 시대를 잘 타고나야 한다는 말이 있듯이 마이클 조던이 제아무리 농구를 잘한다고 해도 시대가 그것을 필요치 않으면 그는 부자가 될 수 없고, 빌 게이츠의 컴퓨터가 세상에 쓸모가 없으면 그도 부자가 될 수 없다고 말한다. 위대한 그림이라 칭송받는 고흐도 살아서는 가난에 고통 받지 않았던가.

전쟁고아로 자란 아버지가 세상이 필요로 하는 돈 버는 기술을 익히지 못해 가난을 벗어나기 힘들었을 것이다. 새벽에 일어나 밤이 늦어야 들어오는 아버지를 게을렀다고 손가락질 할 수 없고, 늦깎이 대학생이 되어 쌍둥이 엄마로 시어머니를 모시면서 직장과 학업을 병행하면서도 게으르다 자책한 나를 놓아 줄 수 있었다.

도덕경에 성인은 베옷을 입지만 마음에는 구슬을 품고 있다는 말은 가난하다는 생각에 갇혀 움츠렸던 마음에 당당함을 심어주었다. 돈에 대해 가난과 부자에 대해 담담히 받아들이는 자세는 상처의 내공이 되었다. 마지막 커피 한 모금을 들이킬 때 바늘에 찍힌 손가락이 욱신거린다. 이제는 땅에 떨어진 목련 꽃잎처럼 방에 누워 지내는 시들은 목련 같은 아버지. 전화를 걸어 본다.

"여보세요."

"아버지 저예요."

기운 없는 아버지의 목소리에 이어 전화기 떨어지는 소리가 난다. 구부러지지 않는 검지 손가락 때문에 전화기를 또 떨어뜨리셨나 보다. 아무 대답이 없던 전화기에서 다시 아버지의 말소리가 들렸다.

"손가락이 뻣뻣해서 전화기를 놓쳤다. 이번 애비 생일에 오지? 그때 경포대 벚꽃축제 하니 꼭 내려와."

'네.'라고 대답을 해야 하는데 눈시울이 뜨거워져 나는 전화기를 들고만 있었다.

하늘(天)보다 조금 더
높은 당신(夫)

왕영옥

하늘보다 조금 더 높으신 당신에게

여보~^^

긴 세월 한 직장에서 수고가 많았어요. 고맙고 고맙고 또 고마워요.

많은 어려움을 내포하고 있는 직장인데 탈 없이 무사히 헤쳐 나온 당신의 지혜로움과 성실함을 존경해요.

중간에 왜 그만 두고 싶지 않으셨겠어요? 희생하는 마음이 없었다면 한결같게 그 자리에 있지 않았겠죠. 당신 어깨의 무거운 짐을 나누어 보려고 내 나름대로 애써 보았지만 당신 도움없이 어느 것도 잘 해낼 수 없더라고요. 내 사랑 당신은 직장에서 뿐만 아니라 한 가정의 가장으로 아들로 사위로 어느 하나 부족함이 없는 존재입니다. 진심으로 고마워요.

오랜 세월 익숙했던 직장에서 새로운 곳으로 옮겨가려 하니 적응해 나갈 일들로 걱정이 많을 테죠? 당신은 그 일에 전문가예요. 일이나 인간관계는 당신이 잘 해나가리라 믿어요. 다만 저는 당신의 건강이 제일 걱정이에요. 요즈음 혈압이 오르는 것 같다고 했잖아요? 쉬엄쉬엄 편하게 하기로 해요. 하는 데까지 하다 안 되면 까짓것 그만이에요. 조금이라도 더 젊을 때 당신도 좀 쉬어야죠. 노는 게 지겨우면 그때 또 새로운 것 하면 되죠. 당신은 쉴 자격 충분히 있어요. 우리에게는 든든하게 잘 자라준 자식들이 있고 무엇보다 당신이 사랑하는 제가 있잖아요.^^

당신이게 고맙고 자랑스럽단 말 꼭 해주고 싶었어요.

수고 많았어요. 고마워요.

2017. 8. 4.

세상에서 당신을 제일 사랑하는 아내가

※ 오랜 세월 무사히 큰 매듭 하나 잘 지어 놓으셨으니 그건 축하할 일이에요. 저녁에 맛있는 데이트 어때요?

남편은 퇴직을 몇 년 앞두고 마지막 승진을 하면서 더 이상 전근을 피할 수 없는 상황이 되었다. 결혼 전부터 임용되어 청춘을 보내고 중년이 될 때까지 한 곳에서 긴 시간 근무를 했다. 아내의 성장과 성공을 묵묵히 도와주고 자식을 키워내는 데에 힘을 거들어 주느라 자신의 승진이나 활동은 뒤로 미루었던 그였다. 오랜 세월 익숙했던 사무실에서 짐을 싸서 주변 정리를 하고 상관에게 보고를 한 후 정문을 빠져 나올 그이의 심정을 생각하니 마음이 짠하다.

새로운 곳에서 다시 적응을 시작해 나가야 한다. 사건 사고가 늘 도사리고 있는 어려운 직장. 더구나 옮겨 가는 곳은 지금보다 열악한 환경이다. 지방으로 가면 근무 환경이 좋은 곳을 택할 수 있지만 가족들과 떨어져 지내야 하기에 고민 끝에 집에서 한 시간 정도 출퇴근이 가능한 곳으로 전근 신청을 낸 것이다. 어떤 어려움이 있어도 잘 적응해 나갈 테지만 끝까지 최선을 다 할 그 길에 응원을 보내고 싶었다.

그는 예전부터 편지글을 좋아한다. 신혼 때부터 가족들에게 짤막하게라도 정성을 담아 편지글을 적어 감동을 전하거나 격려를 보내곤 했다. 자식들에게 제일 좋은 생일 선물은 편지를 받는 것이라고 말하곤 했었다. 부창부수(夫唱婦隨)인지 나 역시도 말로 하기 어려운 것이나 고마움에 대하여 편지를 보내서 문제를 해결하기도 하고 조용한 위로를 보내거나 정성스런 마음을 전한다.

언제나 그러하듯이 하늘보다 높은 위치의 지아비(夫)로 시작하는 편지를 썼다. 힘들 때는 혼자가 아니라는 위안이 될 수 있기를 바라며 한참 바쁘게 일할 자식들에게도 지원 사격 요청 문자를 보냈다. 오늘 오후에 35년 가까이 다니던 직장에서 마지막 짐을 모두 싸서 나오는데 수고하고 애쓴 아버지에게 격려의 글 하나씩 보내 드리면 어떨지, 당신이 좋아하는 며느리의 깜짝 문자가, 끔찍하게 사랑하는 아들들의 진심 담긴 한 마디가 힘이 될지도 모르겠다는 메시지를 남겼다. 자판을 찍는데 남편의 그동안 노고가 그대로 전해지는 것 같아 가슴이 뭉클해지면서 뜨거운 액체로 눈시울이 뜨거워졌다.

며느리에게서 제일 먼저 밤에 시간이 어떤지를 묻는 답장이 왔다. 엄마가 아버지에게 맛있는 것 먹자며 데이트를 신청해 두었다고 하자 자기네 부부도 일 끝나면 같이 한잔 하고 싶다고 했다. 야간 진료를 하고 집으로 귀가를 하면 밤 열 시는 되어야 할 텐데 마음을 쓰고 애쓰는 것이 안쓰러웠다. 마침 토요일 오전으로 시간을 맞추어 미루었던 의료보험공단 건강검진을 예약해 둔 날이 내일이라서 금식을 해야 되니 안 될 것 같다고 했더니 자극적인 것만 피하면 된다면서 물러서지 않았다. 편하게 쉬게 하고 싶은 마음에 거절을 했지만 아무래도 남편은 자식들과 함께 시간 보내는 것을 무조건 좋아할 것 같아서 의논해 보기로 했다. 결국 그이의 의견에 따라 건강검진을 하기로 한 병원에 전화를 해서 예약을 미루었다.

메시지 확인을 잘 하지 않는 막내에게는 남편 퇴근 전에 읽기를 바라는 마음에 보이스톡을 해서 알림역할을 하고 그것도 부족해서 전화벨도 몇 번 울리게 하고 끊었다. 근무에 열중해서 메시지를 못 읽는 게 아니고 아마도 회의 중이어서 연락이 안 되는 듯하다. 바쁜 회사일도 보람 있다며 열심히 살고 있지만 그래도 아들이 행복했으면 좋겠다는 생각이 들었다. 미팅이 끝나자마자 연락이 왔다. 아버지랑 오붓하게 맛있는 식사하고 데이트 재미나게 즐기라며, 형수랑도 저녁에 보기로 했다는 소리를 들었다고 저녁에 퇴근해서 오겠다고 했다. 경기도 화성에 있는 회사 근처에 집을 장만해서 출퇴근을 하고 있기 때문에 자주 볼 수가 없어 문득문득 그리운 막내아들. 두 시간 이상 걸리는 거리를 선뜻 달려오겠다고 한다.

남편은 상자 하나에 35년 가까운 세월의 흔적이 모두 정리되어 담기고 최종적으로 회사 출입키를 반납하고 돌아서는데 젊은 열정을 담았던 이곳을 더 이상 자유롭게 올 수가 없다고 생각해서인지 눈물이 터지려는 감정이 넘쳐 울컥했다고 했다. 집에 오면서, 그제야 핸드폰에 도착되어 있는 것들을 확인했는데 처와 자식들에게서 온 문자를 보고 힘을 보태는 마음을 느끼고 많은 위로가 되었단다. 큰 아들은 물론이고 며느리에게서 문자가 오고 막내아들에게서 평소와 달리 때 아닌 전화가 걸려 와서 내가 아이들에게 시켜서 한 것을 눈치 챘단다.

가족! 언제 들어도 힘이 되는 이름이다. 며느리의 속 깊은 제안으로 가족이 모두 모였다. 가족이란 이름만으로 함께 할 수 있어 서로 위안을 주며 작은 것에 기뻐하고 함께 나누면서 살아가는 것이 소소한 행복일 것이다. 자식들은 각자의 위치에서 바쁘게 일하다가도 언제든지 달려올 수 있는 아버지의 상비군이라며 그에게 힘을 실어 준다. 그러고 보니 남편은 꼭 아내에게만 하늘 보다 높은 사람이 아닌가 보다.

아버지의 정원

이경희

해마다 봄이 되면 예쁜 꽃들의 미소에서 내 마음은 무지갯빛 행복을 타고 설레임과 그리움으로 시간여행을 떠난다. 나이도 잊은 채…….

"아빠하고 나하고 만든 꽃밭에 채송화도 봉숭아도 한창입니다……."

노래를 부른다. 나도 모르게 아버지 생각에 눈물이 흐른다.

며칠 전 TV에 정원 전문가가 출연해 다양한 정원들을 소개했다. 모두가 나름대로 독특한 아름다움을 지니고 있었다. 그중에서도 나는 자연 그대로를 살려 만든 야생화 정원에 눈길이 머물렀다.

"와! 정말 예쁘다!"

순간, 가슴 깊이 가장 귀한 보물로 간직하고 있는 '아버지의 정원'이 머릿속을 가득 메운다. 아버지는 6.25 전쟁 때 이북에서 내려왔다. 사흘이면 돌아갈 수 있을 거라 생각했기에 귀중품은 땅 속에 묻어놓고 별다른 준비 없이 간단한 식량과 가재도구 침구류와 옷가지만 챙긴 채였다. 그 후 몇 년 동안 가족과 전전 긍긍하며 떠돌이 생활을 이어갔다. 이때 삼대독자 외아들을 영양실조로 가슴에 묻어야 했다. 그리고 얼마 후 정전은 되었지만 휴전선이 가로막혀 고향으로 다시 돌아 갈 수가 없었다.

그 시절 아버지는 몸과 마음이 지칠 대로 지쳐 있었다. 그 와중에 다행스럽게도 국가에서 난민들에게 땅을 내어주고 정착해 살도록 하는 기회가 생겼다. 피난민들이 모여 사는 정착민촌으로 이주해 자리를 잡고 살게 되었다. 구호식품으로 주는 옥수수가루로 연명해가며 야산을 개간해 집터를 잡고 손수 흙으로 벽돌을 찍어 집을 지었다. 척박한 땅에 농사를 지었으나 이년 여 동안은 소출이 변변치 못해 여전히 힘들었다. 사랑하는 자녀들이 영양실조로 앓아누워 학교에도 못가는 일이 허다했다. 전쟁의 폐허 속에서 굶기를 밥 먹듯 하던 시절이었으니 오죽 했겠는가! 병약했던 아버지를 대신해 어머니는 농사일을 하면서 장사를 시작했다. 그 후로는 끼니를 굶는 일이 줄어들었다.

아버지는 잔솔나무가 많은 야산자락 끝에 터를 잡고 집을 지었다. 그리고 텃밭을 일구면서도 집터 한편에 정원을 만들었다. 소나무와 아카시아는 산과 이어져 어울리게 남겨두고 집 울타리는 만들지 않았다. 남향집이었다. 북풍의 찬바람을 막기 위해 뒤쪽으로 나지막하게 넓은 둑을 만들어 밑에는 야산에 있던 산딸기를 그대로 살려 산딸기 언덕을 만들고 둑 바깥쪽으로는 어렵사리 구해온 밤나무 두 그루를, 안쪽으로는 배나무와 앵두나무를 각각 두 그루씩 심고, 둑 위로는 엄나무를 군데군데 심었다. 넝쿨장미도 심어 엄나무를 타고 올라가도록 했다. 나도 산에서 도라지와 둥굴레 할미꽃을 캐다가 뒤뜰에 심고, 진달래도 한포기 심었다. 앞마당 끝에 있는 넓은 텃밭 절반은 꽃밭을 만들었다. 어머니는 빙그레 웃으시며 채소밭보다 화단이 더 넓다고 말했다. 둑 옆으로는 무궁화 장미 국화 나팔꽃을 심었고 또 한쪽으로는 수세미와 여주 조롱박을 심어 열매가 주렁주렁 열리게 했다. 정면에는 칸나를 비롯해 무지개같이 고운 색의 꽃들을 다양하게 심었다. 허브 향을 좋아하는 아버지는 박하도 몇 포기 구해다 꽂았다. 큰길에서 들어오는 길 양옆에는 코스모스와 아기금송화가 자리했다. 울타리가 없다보니 행인들이 들어와 꽃구경을 하며 꽃을 꺾어달라고 하는 일도 종종 있었다.

툇마루에 걸터앉아 정원을 바라보며 맡았던 다양한 그 향기를 반세기가 훌쩍 흐른 지금에도 여전히 좋아한다. 솔잎향과 박하향을 비롯한 아카시아 백합 장미 국화향기는 여러 가지 꽃 중에서도 아주 특별한 향으로 온몸에 지금까지 남아있다. 흐드러지게 핀 과꽃과 다알리아, 백일홍 그리고 키가 작은 채송화와 아기손바닥 같은 맨드라미. 저녁시간을 알려주는 분꽃, 손톱에 예쁘게 물들이던 봉숭아는 나에게 아름다운 추억을 만들어 주었다. 산딸기를 따먹기 위해 동네아이들이 몰려들었던 광경은 어린 시절을 떠올릴 때마다 빠지지 않는 기억이다.

몇해 전 제주도 여행 중에 잘 꾸며진 개인정원을 관광코스로 가본 적이 있다. 워낙 아름답고 유명해 외국인들도 많이 찾는다고 했다. 정원박람회, 꽃박람회도 여러 번 다녀온 일이 있다. 나름대로 예쁘다고 생각은 했지만 가슴 깊숙이 아름답게 느끼지는 못했다. 내 마음속 깊은 곳에 그것도 아주 생생하게 남아있는 '아버지의 정원'은 다르다. 두고두고 보고 또 봐도 그 어느 정원도 비교할 수 없으리만큼 아름답다. 무슨 이유에서일까?

아버지가 그렇게도 어렵던 시절 전쟁의 폐허위에 끼니를 굶어가며 만들었던 정원. 넝쿨장미가 엄나무를 타고 오르기도 전에 당신은 돌아가셨다. 이듬해 가을 나지막한 어린밤나무에는 밤이 세 송이 달리고 살아남은 배나무 한 그루에는 두 개의 배가 열렸다. 아버지는 첫 열매를 딸 때 삼태기를 가지고가서 따야 해마다 열매가 많이 맺는다고 했지만 그 첫 열매를 만져보지도 못하고 떠났다. 지금도 그때를 생각하면 가슴이 먹먹해진다. 내 가슴 깊은 곳에 묻혀있는 아련한 추억은 나의 사랑하는 두 아들을 임신할 때 태몽으로 더 깊게 남았다. 아버지가 심어놓은 배나무에서 배를 따고 밤나무 밑에서 알밤 줍는 꿈이었다.

아버지는 겨울이 오기 전에 다알리아와 칸나 뿌리를 캐서 땅속 깊이 묻어 갈무리를 했다. 백합은 뿌리를 보호하기 위해 짚으로 덮어놓고 각종 꽃씨를 받아 이듬해 봄에 다시 뿌리는 방법을 가르쳐 주셨다.

전쟁이 휩쓸고 간 메마른 땅에 꽃을 피워 자녀들에게 향기 나는 꽃처럼 곱고 아름다운 마음으로 무지갯빛 행복을 누리며 살아가기를 원하셨던 아버지! 어릴 때 일찍이 돌아가셨지만 내 마음 속 깊이 아름다운 정원을 보물로 남겨 주셨다. 오늘도 그 '아버지의 정원'을 꺼내보며 나는 사랑하는 자손들에게 무엇을 남겨줄 것인가를 생각해본다. '꽃밭에서' 노래를 부르면서…….

세 번째
이야기

떠남과 만남
– 에 대하여

떠난다.

누군가는 일상의 고단함을 비우기 위해서

누군가는 허공에 걸린 듯한 마음을 달래기 위해서

그리고 또 누군가는

미지의 세계를 만나기 위해서.

그대!

또 이번엔 어디로 떠나시는가?

그곳에서도 당신을 기다리고 있겠지요.

사라진 고향집

이양순

연중행사로 1년에 서너 번씩은 친정과 시댁이 있는 고향을 다녀온다. 시어머니 생신과 여름휴가, 집안 행사시에는 반드시 가고, 가끔씩 남편은 혼자서도 시어머니를 찾아뵙곤 한다.

지난여름 휴가 때였다. 친정에 갔다가 유년시절을 보냈던 옛 집터가 어떻게 변했는지 궁금해서 그곳으로 발걸음을 옮겼지만 아쉬움과 실망스러움만 느껴야 했다. 수십 년 만에 만난 집터가 옛 모습 그대로일 거라는 기대는 아예 하지도 않았지만 내가 20여 년간 살았던 집터였나 싶을 정도로 낯선 풍경 그 자체였다. 옛집이 있던 자리는 집을 허물고 밭을 만든 지 오래된 듯했다. 집 앞 뒤에 있던 감나무는 한 그루도 남지 않았고, 밭에는 콩과 여러 가지 농작물만 제세상 만난 듯 물결치고 있었다.

　해남! 그곳은 내가 태어나고 태를 묻었던 고향이다. 좀처럼 잊혀지지 않은 정든 곳이다. 미래를 향한 일곱 빛깔 무지개의 아름다운 꿈을 비단처럼 펼치던 곳이었지만 비만 오면 보따리 싸서 이웃집으로 피난 갔던 사연이 많은 곳이기도 했다. 초등학교 1학년이었던가. 여름 장맛비가 장대같이 쏟아지자 학교복도에서 우두커니 서있는 내 앞에 큰 삼촌은 우산을 가지고 구세주처럼 나타났다. 휴가 나올 때 입었던 멋진 군복대신 평상복 위에 비옷을 입고 우산을 가지고 학교 교실 앞까지 나를 데리러 왔다. 나는 그저 집채만한 삼촌 품에 안긴 채 집으로 향했다. 집 앞에 가까워져서야 삼촌이 학교로 온 이유를 알았다. 이미 냇물이 강물처럼 흘러가고 있어서 어린 나 혼자는 건너기가 도저히 불가능한 상태였던 것이다.

　우리 집은 가옥이 밀집되어 있는 마을에서 조금 벗어난 외진 곳에 있었고, 언제나 냇물이 집을 감싸고 흘렀다. 그 모습은 흡사 한 폭의 동양화처럼 운치가 있었다. 하지만 비만 조금 많이 왔다 싶으면 그 아름다운 풍경은 한 순간에 흉한 꼴로 일그러졌다. 우리 집 위에 마을 저수지가 있었기에 여름 장마철만 되면 물난리를 겪어야만 했다. 비가 많이 와서 저수지가 무너지기라도 하면 집은 흔적도 없이 사라질 수 있는 지형에 자리 잡고 있었던 것이다. 비가 쏟아지는 날이면 저수지에서 많은 물을 방류하기 때문에 집 앞에 있는 감나무 밭은 무릎까지 물이 차오르고 그나마 지형이 조금 높은 마당도 침수사태를 피할 수가 없었다. 냇가를 건너야만 마을로 갈 수 있어서 큰 비가 올 때마다 고립상태로 있다가 물이 빠지면 그제야 마을로 나갈 수 있었다. 그러니 비만 오면 아버지나 삼촌이 그 냇가를 건너 줘야만 학교를 갈 수 있었고, 집으로 돌아 올 때는 하교시간에 시간에 맞춰서 미리 아버지가 기다리고 있다가 냇가를 건네주곤 했다.

한번은 하늘 문이 열린 듯 한꺼번에 많은 비가 쏟아졌다. 아버지는 내심 불안한지 비옷을 입고 저수지 수면이 얼마나 차올랐는지 수시로 보고 내려왔다. 그럴 때마다 할머니는 저수지 물이 얼마만큼 찼냐고 걱정스러운 표정으로 물었다. 저녁 무렵 아버지는 위험수위까지 찼기에 밤에도 지금처럼 쏟아지면 저수지 둑이 무너질지도 모른다고 불안한 투로 얘기했다.

큰비가 올 때는 우리 집에서 조금 떨어진 곳에 집 두 채가 있었는데 물난리가 나면 그중 한 집으로 으레 피신을 하곤 했다. 결국 그날도 우리 가족은 이불과 쌀, 솥, 당장 입을 옷 등을 준비해서 피난을 갔다. 어머니는 필요한 짐을 주섬주섬 챙겨 싸면서 내년에는 무슨 일이 있어도 물난리 때 피신안할 수 있는 다른 곳으로 이사를 가자고 아버지에게 입버릇처럼 말했다. 빗속에 옷 보따리를 가지고 막 나서다가 "쿵"하는 벼락 소리가 귓전에 울렸고 나는 저수지가 붕괴되는 소리인 줄로 알고 놀란 마음에 급하게 발길을 옮기다가 그만 돌 모서리에 걸려서 앞으로 푹 고꾸라져 옷을 몽땅 망쳐버렸다.

그날 이웃집에서 저녁밥을 차려줘 먹게 됐는데 우리식구들은 작은방에서 집주인 식구들은 안방에서 각각 두레상을 펴놓고 먹었다. 피난민이 되어 남의 집 밥까지 얻어먹는 상황에서 남동생이 그만 사고를 쳤다. 그 집 막내딸과 남동생 사이에 싸움이 벌어졌다. 평소 남동생과 같이 놀 때 수틀리면 맞았던 기억에 내심 속이 상했던 여자아이는 기회는 이때다 싶어 텃세를 부린 것이다. 막내 동생은 그 애가 자기네 집에서 가라고 한다며 빨리 우리 집에 가자고 어머니를 졸랐다. 철없는 남동생의 불편해진 심사 때문에 그날 밤은 그 어느 때보다도 그 집에서의 하룻밤이 가시방석 같기만 했다.

이튿날 비가 그치자 다시 우리는 집으로 왔지만 비온 후 날이 개이면 동네사람들이 늘 그랬듯이 우리 집 앞에 와서 괜찮으냐고 묻고 갔다. 폭우로 인해 이어지는 에피소드는 이뿐만이 아니다. 장날 할머니를 만난 옆 동네 사람들은 우리 집이 지붕까지 물에 잠겼다는 뜬소문에 몹시 걱정했는데 아무 일 없었냐며 물어오는 사람들이 있더라며 우리 집 떠내려 갈까봐 걱정해준 사람들이 많아서 흐뭇하다고 했다.

당장 이사 갈 것처럼 하다가도 비가 그치고 일상으로 돌아오면 언제 그랬냐는 듯 살다가 장마 때마다 한차례씩 겪는 피난 소동은 지속됐다. 아버지가 그 집을 쉽게 떠나지 못한 데는 그럴만한 이유가 있었다. 돌아가신 할아버지께서 집을 짓고 손수 감나무를 심어서 일군 곳이었기에 할머니가 생전에 이사 가기를 꺼려했던 까닭이다. 할머니가 세상을 뜨고 나서야 드디어 우리는 저수지 밑에서 동네 한가운데로 이사를 했다.

폭포처럼 냇물이 둑을 넘어 흐를 때가 많았다. 여름밤 조용한 적막을 깨뜨리고 쏟아지는 물소리가 귀에 익어 거슬리지 않았고, 초가을 밤에는 단감을 따다가 깎아먹는 즐거움도 있었다. 가을에는 먹음 직스런 감이 빨갛게 익어 감나무에 올라가 연시를 따서 먹던 일이 기억의 저 편에 주마등처럼 스쳐 지나갔다. 홍수가 나면 무너질 것 같던 저수지도 옛 모습 그대로 자리를 지키고 있었다.

어린 시절 꿈을 키우던 곳, 지금도 밤에 꿈을 꾸면 유년시절로 돌아가 그 집에 있는 꿈 많은 소녀를 만나게 된다. 감나무에서 익은 감을 따려고 이 나무 저 나무 살펴도 익은 감은 좀처럼 눈에 보이지 않아서 안타까워 하다가 꿈을 깰 때가 많다. 어린 시절의 추억을 더듬어 찾았던 고향집은 안타깝게도 흔적도 없이 사라지고 말았다. 그 집터에 나무 한그루라도 서서 나를 반겨주었다면 좋았을 텐데 하는 아쉬움을 그곳에 두고 쓸쓸한 발걸음을 돌렸다.

밴댕이 소갈딱지

왕영옥

지난 여름 남편이 먼저 제안을 했다. 장인 장모님을 모시고 기분 전환삼아 가까운 곳으로 여행을 가자고. 속 좁은 생각에 친정 일에 관심이 없다고 내심 서운했던 차였다. 여행 생각은 간절해도 몸이 불편해 엄두가 나지 않았던 부모님들도 사위의 마음을 반갑게 받아 주셨다.

목적지는 가까운 강화도 석모도로 정했다. 아버지는 갈비뼈 골절로 한동안 활동이 자유롭지 못했고 엄마는 암이 의심되어 조직 검사를 해 두고 결과를 기다리고 있는 상황이었다. 두 분께 무리가 되지 않는 일정이어야 했기에 멀지않은 해안 도로를 달리며 탁 트인 바다와 푸르런 녹음이 담긴 풍경을 보여 드리고 싶었던 내 마음에는 더할나위없이 좋은 장소였다. 석모도는 연륙교 완성으로 육지나 다름없이 가까워진 섬이다. 관음 기도 도량으로 유명한 보문사의 석실과 짙은 초록을 맘껏 즐길 수 있고 자연 휴양림은 잠시나마 더위를 잊고 시원하게 쉬었다 오기에 알맞은 곳이다. 민머루 해수욕장은 당신들의 손자들이 어렸을 때 온 가족이 조개도 캐고 물놀이도 함께했던 추억이 있는 곳이기도 했다.

두 분 모두 여행 다니는 것을 좋아하셨다. 나의 유년시절 아버지는 오랜 세월 동안 운영하던 양복점을 그만두고 직장을 다닌 뒤로는 넉넉지 않은 살림에도 불구하고 가족들을 데리고 계곡이나 바다에서 여름휴가를 보냈다. 자식들이 결혼한 후에도 온 가족이 함께 떠나는 아버지의 여행은 지속됐다. 게다가 아버님 생신을 중심으로 두 여동생과 큰 제부, 우리 집 작은 아들까지 음력이나 양력 생일이 휴가 전후에 몰려 있어 생일잔치를 겸한 여행을 하기도 했다. 언제부터인가 손자들이 수험생으로 성장하면서 다들 사정이 생기다 보니 시간 맞추기가 어려워서 각 가정 단위로 휴가를 가기 시작했다. 그러던 것이 부모님이 연세가 들면서 점점 쇠약해진 후로는 가까운 곳에 물놀이 한번 못가고 여름을 나곤 했다. 어쩌다 아버지 생신 때면 장흥 계곡에 평상을 만들어 놓은 식당을 예약하여 계곡 물에 발을 담그기도 하고 사위들과 좋아하시는 고스톱도 치면서 하루를 보내고 오는 게 전부였다.

여행에는 먹는 즐거움이 있다. 휴가철 성수기인데다 삼산연륙교 구경을 나온 사람들이 많아서인지 강화도에 들어서기 전부터 길이 막혀 점심 일정이 늦어졌다. 아침식사를 일찍 하는 분들이라서 시장기가 돌 것 같아 소풍 기분 낸다고 집에서 쪄 온 옥수수와 찐 계란을 간식으로 드렸다. 후식으로 준비해 온 황도 복숭아와 바나나도 챙겨 드렸다. 사실은 창밖으로 넓은 바다를 보면서 우아한 분위기 즐길 수 있는 점심 식사를 꿈꾸며 인터넷으로 해변 근처 맛집과 카페까지 검색해 두었는데 갑자기 계획이 변경되었다. 출발하기 이틀 전 저녁 텔레비전에 강화풍물시장이 소개되었는데 요즘음 제철인 밴댕이 요리가 소개돼 그걸 드시고 싶었단다. 여행의 주인공이 부모님인 만큼 풍물시장에서 회와 구이, 무침을 모두 맛 볼 수 있는 밴댕이회 정식을 먹기로 했다.

흔히 속이 좁고 너그럽지 못한 사람을 '밴댕이 소갈딱지'라고 한다. 실제로 밴댕이는 그물에 잡힐 때 받는 스트레스를 이기지 못해 몸을 비틀며 떨다가 곧 죽어버린다. 그래서 어부들조차도 살아있는 밴댕이를 쉽게 볼 수 없다고 한다. 바다에서 건져 올린 후 12시간 이상이 지나면 하얗던 살이 붉은색으로 변하고 금방 무르기 때문에 옛날에는 대부분 젓갈로 담가 먹었지만 지금은 냉동, 냉장 기술의 발달로 횟감으로도 먹을 수 있다.

밴댕이는 음력 5~6월이 기름기가 오르는 산란기인 만큼 양력 7월은 가장 맛있는 때다. 밴댕이에 온갖 야채를 섞어 새콤달콤한 초고추장으로 버무려 고소한 참기름 두르고 통깨 듬뿍 뿌려 푸짐하게 담은 회무침이 나왔다. 아버지는 큰 대접에 젊은 시절 좋아하시던 비빔밥으로 만들어 한 숟가락 가득 담아 드셨다. 오랜만에 볼 수 있는 모습이었다. 치아가 좋지 않아 요즘은 모든 음식을 잘게 썰거나 찢어서 드시고 딱딱한 것은 피하신다. 어린 시절 고봉밥을 숟가락에 수북하게 퍼서 먹음직스럽게 잡수시던 아버지 모습이 떠올랐다. 김치가 대부분인 보잘 것 없는 식탁이었지만 많은 식구들이 밥 한 그릇 뚝딱 해치우고 잔병치레 없던 건강한 가족의 중심이셨다. 부모님 드시는 것을 거들어 드리면서 가슴 속으로 뿌듯한 포만감을 느꼈다. 푸욱 떠서 삼키는 음식과 함께 나이 들어가면서 생긴 답답함도 같이 밀려 넘어갔으면 좋겠다는 바람이었다. .

먹거리 볼거리가 많은 강화풍물시장은 북적거리는 시장 고유의 활기찬 모습이 살아 있다. 건물 밖에서는 덩실 덩실 춤사위와 함께 민요 공연이 펼쳐져 흥을 더하고 물건을 살피고 흥정하는 모습도 정겹다. 강화도 특산물인 자줏빛 순무, 속노랑 고구마, 강화섬쌀 등을 비롯하여 탱글한 마늘과 보라색 양파가 시선을 잡는다. 서해안 해풍이 빚어낸 특별한 맛을 담은 강화도 농산물과 해산물은 인기가 좋아 몸값이 높다. 짚으로 엮은 하얀 달걀꾸러미는 옛 추억을 떠올리게 한다. 밴댕이 음식점이 모여 있는 2층에는 재래식 순대를 만드는 기계가 움직이고, 약쑥으로 만든 송편, 인절미, 찐빵, 그리고 수수부꾸미 등의 어린 시절 추억의 먹거리를 사려는 사람들로 북적거렸다.

아버지는 강화풍물시장 바로 앞에 있는 인삼센터에서 흙냄새 풍기는 수삼을 두 채 구입했다. 어머님을 염두에 두고 홍삼액을 내려서 드릴 요량으로 굳게 닫혀 있던 아버지의 지갑이 열린 것이다.

여행은 계획대로 되지 않는다. 오후가 될수록 한 여름 뜨거움의 농도가 진해졌다. 차 안과 밖의 온도 차이가 심해지고 부모님이 느끼는 피로감은 커지고 운전하는 남편도 식곤증에 눈이 점점 무거워졌다. 더욱이 산비탈에 세워져 경사가 심한 보문사는 지팡이에 의존하셔야 하는 아버지에겐 무리여서 차 안에서 보는 것으로 만족해야 했다. 석모도 자연휴양림 역시 주차장 근처 그늘이 있는 벤치에 잠시 앉았다 우리는 온천탕으로 방향을 돌렸다.

드디어 문제가 생겼다. 미네랄 온천탕에서 아버지는 차에 계시겠다고 고집을 부렸다. 특히 온천은 아버지께 꼭 필요한 곳이건만 대쪽같은 그 성질을 굽히지 않으셨다. 결국 나머지 가족만 노천탕에서 피로도 풀 겸 잠시 족욕을 했다. 하루 묵으면서 쉬엄쉬엄 구경하고 싶어도 부모님이 드실 약을 안 챙겨 와서 그것마저 여의치 않았다. 석양으로 물든 서해안 뻘의 아름다운 모습은 보여 드리지 못한 채 서둘러 발길을 집으로 돌려야 했다. 돌아오는 길은 출발할 때의 흥겨움은 사라지고 아버지의 안색을 살피느라 노심초사하다 보니 괜히 왔나 싶어 마음이 착잡했다.

저녁을 마치고 댁에 모셔다 드린 후 우리집 현관을 들어서자 한꺼번에 피로감이 몰려왔다. 그제야 체력이 떨어져 차를 오르락 내리락 하는 것조차 힘들어 하시고 짜증을 내던 아버지께 죄송한 마음이 들었다. 건강한 나도 힘이 들었는데 당신의 입장을 헤아리지 못하고 고집으로만 치부했던 나 자신이 부끄러웠다. 세월 앞에 무력

해져 하루의 여행도 힘겨워 하는 모습을 떠올리니 눈시울이 뜨거워졌다. 온종일 운전을 하고도 피곤하다는 말도 없이 묵묵히 나를 지켜보는 남편에게도 미안하다는 생각이 들었다. 순간 마땅히 할 말이 없던 내 입에서 이 말이 튀어나왔다.

"여보 나 밴댕이 소갈딱지 맞지?"

세체니다리에서
퍼 올린 추억 하나

김재희

봄 햇살이 노루꼬리만큼씩이나 길어지던 즈음 긴 여정의 대미를 장식할 첫 단추를 꿰었다. 다소 추위가 남아있는 계절이기에 여느 여행 때와는 달리 케리어의 크기가 관건이었다. 최소 경량의 옷가지들로 야무지게 말아서 코가 두어줄 쯤 나간 스타킹을 이용해 최대한 작은 부피로 압축시켰다. 수납공간을 VIP석처럼 차지하는 모자는 필수다. 여행 중 센스있는 패션을 연출해주는 효과적인 아이템이므로 주요품목 중 하나이다.

공항으로 나가는 길목에서부터 설레인다. 이번 여행에서는 어떤 사람들과 색다른 풍경을 만나며 추억을 만들어올까 하는 기대와 희망이 내 가슴을 계속해서 방망이질을 해온다. 저녁 비행기로 출발하기 때문에 혹여라도 러시아워 시간과 겹치면 차질이 생길까를 우려해서 조금 일찍 나섰다. 다행스럽게 리무진 버스가 달리는 코스는 조금도 막힘없이 유유히 미끄러지듯 시내를 벗어나고 고속도로를 휘감으며 오르는가 싶더니 속도감 있게 빨리 달렸다. 커다란 크기의 케리어를 짐 칸에 실어준 기사가 말을 건넸다.

"유럽으로 가시나봐요?"

"네! 어떻게 아셨어요?"

"보통 동남아로 가시는 분들은 작은 크기의 짐을 들고 가는데 승객님처럼 유럽 쪽이나 멀리 가시는 분들은 보통은 큰 가방을 들고 가시더군요."

"아~ 그래요."

"그래도 손님 가방은 많이 무겁지는 않네요. 대부분 멀리 가시는 여성분들 가방을 들어 주다보면 어떤 경우는 들을 수가 없을 만큼 무거운 경우가 많거든요."

버스는 어느새 나를 인천국제공항에 떨궈주고 휙 돌아서 가는 리무진이 시나브로 멀어져간다. 여기저기 여행객들로 늦은 시간임에도 공항 내부는 붐볐다. 이번 여행을 함께할 친구들 서부인중 맴버들이 시간에 맞춰 속속 도착하고 일찍 서두른 탓에 느긋하게 여유를 갖고 출국 수속에 임할 수 있어 다행이었다. 게이트를 빠져나와 탑승구 쪽 창밖에 우리를 태우고 갈 터키항공이 환하게 불을 밝

히고 점검에 열중이더니 이내 곧 탑승시작을 진행한다.

'we are ready take off fasen your safety belt.' 원어민 발음이 귓가를 구른다. 이륙의 흔들림에 잠시 따른 고통이 멈추고 창밖 풍경이 암흑의 세계로 빨려 들어간다. 하늘을 올려다 보니 영롱한 별빛이 쏟아질듯 눈앞에서 화려하게 수를 놓은 카펫장식을 펼쳐 놓았다.

이대로 꼬박 열한 시간을 가면 터키의 이스탄불 공항에 도착한다.

모두가 잠든 기내에서 바스락거리며 작은 수첩 하나를 꺼내 들었다. 스크린의 불빛을 죽인 채 무언가를 쓰려는데 옆자리의 승객이 힐끔거린다. 우리와는 시차가 여덟 시간 정도 나기 때문에 이스탄불 공항에 도착하면 새벽 시간일 것이다. 우리는 그곳에서 서너 시간을 보내고 짤쯔브르크행으로 환승해 오스트리아로 가는 일정을 택했다. 그녀는 우리 일행 옆 줄에 다시금 나란히 붙어 앉아 낯익은 모습으로 졸고 있다.

이스탄불행 때도 옆자리에 앉았더니만 짤쯔브르크행 기내에서도 또 다시 동행인양 함께 가고 있다. 아무래도 내려서 잠시 말을 붙여 봐야 될 모양이다. 착륙과 동시에 짐 찾는 곳에서 다시 마주 했다. 여행코스를 물어 봤더니 대략 우리가 가는 루트와 비슷했다. 아마도 여행중에 한번쯤은 만날 것 같은 예감이 들었다. 우리의 여정은 오스트리아, 슬로베니아, 크로아티아, 헝가리, 체코, 독일 순으로 이어진다고 했더니 자신들의 일정과도 다소 겹치는 곳이란다.

깨끗하고 평화로운 천상의 나라 오스트리아의 공기가 코끝으로 빨대를 꽂은 듯이 빨려 들어온다. 꿈에 그리던 땅을 밟은 감흥은 말이 필요 없을 만큼 기쁘고 상큼하다. 눈을 어디에 두어도 풍경 하나 하나가 그림이고 작품이다. 그림책 속에서나 나올법한 색채감을 덧 칠한 건축물들이 발길 닿는 곳마다 새롭고 신선한 감동으로 다가온 다. 흐르는 강물처럼 일상이 평화로운 풍경이다. 첫 여행지에서 이 렇게 큰 감동을 받으면 앞으로 가야 할 일정 속의 나라들은 과연 어 떤 얼굴로 우리 일행을 기다리고 있을지 호수 앞에 머물며 자연의 신비가 빚어내는 화음소리에 할말을 잃고 정다운 사연이 우리들의 일정 속으로 데려간다. 짤쯔브르크는 '소금의 성'이란 뜻이다. 먼 예 날 소금무역이 활발했던 바다였던 도시란다. 그래서인지 호숫가에 는 옛 염전을 사용했던 흔적들이 간간이 눈에 띈다. 우리에게도 익 히 알려진 천재 음악가 모차르트가 탄생한 나라이기도 하고 그래서 음악의 도시라고도 부른다.

오스트리아 설산의 골짜기를 굽이굽이 돌아서 우리가 찾아간 곳 은 예쁜 그림엽서 속의 모습처럼 작은 나라 슬로베니아다. 인구는 적지만 숨막히게 아름다운 절경만큼은 동유럽 속 그 어느 나라에도 뒤지지 않는다. 특히 물안개 속에 갇혀버린 블레드성 빙하수가 흘 러든 잔잔한 호수 한가운데 조용히 자리잡은 마리아 성모 승천 성 당을 보려는데 비가 내리면서 애꿏게 훼방을 놓는다. 백개의 숫자 를 채우지 못한 구십구개의 계단을 따라 오르면 만나는 곳이다. 종 소리가 세 번 울리면 소원이 이뤄진다는 전설을 따라 빌어본 탓인 지 다음날 빗속에 잃어버린 슬로베니아의 일정을 보상이라도 받듯 크로아티아의 날씨는 하늘이 준 최고의 선물이다. 청명한 하늘과 깨

끗한 공기 그리고 짙푸른 아드리아해에 맑게 스치는 바람 한 점까지
도 사랑스럽고 포근하다.

느림의 삶을 즐기고 싶어진다. 내 머리속 필름에 저장된 기억을
두고두고 펼쳐볼 것 같다. 크로아티아에서는 두브르닉크의 성벽투
어와 스르지산 정상을 꼭 올라봐야 진정한 크로아티아의 속살을 들
여다볼 수 있다. 먼저 스르지산 정상을 향했다 황홀한 풍광을 하나
라도 빼놓을 새라 연신 찰칵거림 뒤에 낯익은 목소리가 들려온다.

"어머! 여기서 만나네요? 예쁜 언니들처럼 우리도 사진 좀 찍
어줘."

몇 컷를 찍어주고 내려오던 순간 쿵 하는 소리에 뒤를 돌아보니
육중한 몸의 사진속 인물이 발을 헛딛는 바람에 계단을 구르고 있
었다. 가슴이 철렁 내려앉았다. 다행이다. 예상과 달리 가볍게 찰과
상을 입고 벌떡 일어나 매무새를 곱추 세운다. 다음 여정을 위해 오
랜 시간을 지체할 수가 없어 먼저 자리를 이동했다.

성벽투어의 길로 들어섰다 시내 곳곳에 로빈훗 영화를 촬영한다
며 진로를 막아선 곳이 간간이 눈에 띄고 후미진 골목길로 우회하는
통에 이색적인 모습들을 접할 수 있어서 일석이조의 효과를 얻어내고
발길은 자연과 사람이 주는 희망을 안고 드넓은 평원을 가로 질렀다.

유럽의 식량창고라 해도 과언이 아닐 만큼 유일하게 곡물생산량
이 많은 곳으로도 유명한 헝가리의 국경을 넘었다.

헝가리에서는 부다페스트의 젖줄인 도나우강(다뉴브강)의 야경
을 빼놓을 수가 없다.

도나우강이 어둠에 잠기는 시간 중부유럽에서 최고의 관광명소인 초입의 세체니다리 야경부터가 시선을 압도한다. 유럽에서 가장 아름다운 건축물 중 하나로 손꼽힌다. 다리를 건설하는데 후원자였던 헝가리의 국민적 영웅인 세체니 이슈트반에서 따온 이름으로 전해져 온다. 유람선을 타고 헝가리의 야경 속으로 빠져 들기로 했다. 사진으로 볼 때는 거대하고 웅장하더니만 막상 와보니 우리의 한강보다도 강폭이 좁고 아담했다. 강 주위의 화려하고 아름다운 야경 덕에 일찌감치 파리의 세느강 유람선야경, 프라하성야경과 함께 유럽의 3대 야경으로 이름을 날리고 있다. 그럴 법도 했다. 사람들은 고색창연한 건물에 빠져 황홀함을 감추지 못하고 감탄사를 연발했다. 물길따라 불빛을 먹음은 건물들이 고고하다. 유람선은 어느새 한 바퀴를 돌아 제자리로 와 있었다. 머리부터 발끝까지 차오른 이 감성이 쉽게 잦아들것 같지 않는다.

　　부다페스트의 밤은 진정 낮보다 밤이 아름답다는 걸 두눈으로 확인한 순간이었다. 마지막으로 세체니다리에서 기념사진 한 장을 찰칵 하기 위에 나무 의자 위에 올라섰다. 사진 속 풍경이 꽤나 멋져 보였던 모양이다. 어디선가 또 다시 나타난 스르지산의 쿵녀다. '거기 멋지다. 나도 한 장 찍어줘' 하며 나를 끌어 내리려던 순간 마치 폭풍을 동반한 토네이도가 휘몰아치는 것처럼 무게 중심을 잃고 내 몸이 구르더니 강 속으로 빠져들 듯한 속도감으로 미끄러졌다. 아슬아슬하게 한쪽 다리만 걸쳐진 모습을 지켜보던 일행들이 부추겨 끌어올렸다. 순간 이렇게 죽는구나 싶었다. 어쩌면 아슬아슬하게 이별

앞에서 구르던 몸이 거짓처럼 멈춰섰다. 하늘이 나를 돕는다 싶었다.

그나저나 헝가리 당국에 안전을 예방하기 위해 강가에 난간대를 설치하라는 민원을 제기하고 왔어야 했는데 일정상 여유치 않은 관계로 돌아와 버렸다. 지금도 그때를 떠올리면 가슴이 콩알 만하게 쪼그라든다. 하마터면 머나먼 이국땅에서 이승과 이별할 뻔 했던 세체니다리에서의 그 추억이 다시 그리워진다.

국토의 막내,
마라도

류인록

入 동을 지나 겨울의 초입에 들어섰을 즈음 특별한 여행이 기
다리고 있었다. 동네 주민자치위원들과 함께 제주도의 '워크샵'이다.
11월 15일 오전 5시. 주민자치위원들이 하나둘씩 집합장소로 모였
다. 이른 시간인데도 불구하고 배웅 나온 시의회 의장의 배웅을 받
으며 14명의 일행은 두 대의 차에 나눠 타고 출발시간보다 여유 있
게 공항에 도착해 탑승수속을 순조롭게 마쳤다.

비행기가 이륙한 시간은 7시 10분이었다. 하늘에는 구름이 비를
몰고 올듯했다. 이륙 후 고도를 잡은 기내에서 내려다보니 온통 구

름뿐이다. 오랜만에 기내에서 산하를 내려다보고픈 마음이었지만 겨울비가 내려 아쉬웠다. 얼마쯤을 지나니 구름은 사라지고 바다가 내려다보인다. 비행시간은 이륙 후 약 한 시간이라고 했다. 제주에 도착하니 다행이도 비는 내리지 않았다. 우리의 첫 계획은 한라산 등반이었으나 동절기는 해가 짧은 관계로 그 시간에는 오를 수 없다고 했다. 한라산 등반은 다음날로 미루기로 했다.

첫날의 일정은 우리나라 최남단의 섬 마라도로 바뀌었다. 육지와는 달리 제주도의 겨울은 밭에 온통 농작물이 가득했다. 싱싱한 귤나무에 주렁주렁 달린 귤 밭을 끼고 목장에는 말들이 한가로이 풀을 뜯고 수확을 앞둔 널찍한 감자밭들이 즐비했다. 일 년에 두 번 감자농사를 짓는다고 했다. 이동하는 도중에 '오설록원'에 잠시 들렀다. 24만 5천 평에 이른다는 차밭에 들러 차밭과 차 박물관을 둘러보고 차를 마시며 잠시 그곳의 풍경을 사진에 담았다. 제주에 이렇게 넓은 차 밭이 있으리라고는 생각도 못했다.

송악산 아래 선착장에서 '마라도'로 가는 유람선 코스를 택했다. 도착한 최남단의 섬 '마라도' 아주 작은 섬이었다. 초등학교 전교생이 3명이고 교사는 2명이란다. 매년 있어야 할 입학식과 졸업식이 없을 때가 많다고 한다. 그래도 그곳에는 성당, 교회, 사찰이 있었다. 관광객들은 최남단에 온 기념으로 자기가 믿는 종교 건물들을 꼭 둘러보기 때문에 신도들의 발길이 끊이지 않는단다. 주민 수는 적어도 관광객들이 많아 중식당들과 회집이 많았고 하나같이 사람들로 북적이고 있었다. 자연산 톳을 곁들인 짜장면에 소주 한잔 걸치고 둘레길을 여유롭게 돌아보며 기념사진을 담았다. 거대한 등대가 서 있는 등대공원에는 각 나라들의 등대모형이 전시돼 있었다.

유람선을 타고 육지로 돌아와 송악산에 오르기로 했다. 오르다 보니 정상으로 오르는 길은 차단되었다. 등산로를 개설하는 공사를 하는 중이라고 통행을 금지한다는 안내문이 걸려있어 둘레길을 택했다. 잘 만들어진 둘레길을 기암절벽과 부서지는 파도를 보노라니 멀리 '가파도'와 '형제섬' '산방산' '한라산'이 한눈에 들어왔다. 곳곳에 태평양 전쟁 때 일제가 사용했던 전쟁터 진지가 남아있는 흔적들도 살펴보고 산책을 하며 몸과 마음의 '힐링' 시간을 보내고 나서 온천으로 향했다. '산방산 온천'은 국내에서도 희귀한 탄산온천이란다. 오랜만에 온천욕을 하고 나니 마음도 몸도 한결 부드러워졌다. 제주산 고등어, 갈치요리에 잘 차려진 음식으로 풍요로운 저녁 식사를 마쳤다. 숙소는 공항이 가까워 비행기 소리로 좀 시끄럽다. 하지만 전날 잠을 설치고 오랜만에 많이 걷고 보니 곧 잠이 들었다.

이튿날 날 아침, 창문을 열고 보니 비가 내린다. 한라산의 등반은 오늘도 미루어야 할 것 같다. 한라산은 포기하고 다른 곳을 돌아보았다. 버스로 이동하여 '장생의 숲길'을 찾았다. 곳곳에 잘 만들어진 볼거리들을 살펴보고 유명하다는 장생약수 물도 마셨다. 우천 관계로 실내에서 관람할 수 있는 중국 서커스 공연장으로 이동했다. 8년 전 제주도에 왔을 때 관람했던 것이었지만 단체로 활동해야 했기에 어쩔 수 없었다. 서커스 단원들의 멋진 공연은 또 다시 보아도 싫증이 나지 않았다. 먼저 간 아내와 같이 관람했던 생각이 문득 떠올라 마음이 울적했다. 하늘나라에 갔을 것이라고 믿고 스스로 위안을 했다. 점심식사는 제주도 토종 똥 돼지고기를 마음껏 먹을 수 있는 리필식당이었다.

오후에는 신비의 도로로 갔다. 버스에 시동을 껐는데도 차가 굴러가는 것을 직접 체험해보니 도깨비의 짓인가? 하는 의문이 들기도 했다. 착시 현상이겠지만 어쨌거나 신비의 도로다. 다음 찾아간 곳은 근처에 있는 '러브랜드'다. 성을 상징하는 다양한 조각들이 넓은 공원에 설치돼 있어 만져도 보고 웃음도 터뜨리면서 즐거운 시간을 가졌다. 그 큰 공원을 꽉 메워 놓은 조각들과 기념품 판매대에는 비가 내리는 데에도 불구하고 관람객들이 줄을 이었다. 다행히 비가 멈추고 제주 해안도로 둘레길을 산책하고 저녁식사 시간에는 제주산 싱싱한 횟감으로 양을 채웠다. 비용도 만만치 않았지만 실컷 먹고 마시고 나머지는 숙소에까지 싸 가지고 와서 여운을 즐겼다.

3일차 마지막 날에도 비는 여전히 아침부터 내렸다. 식사를 마치고 나니 가이드가 제주의 특산품이라는 '오메기' 떡을 가져왔다. 여느 떡보다 맛이 괜찮았다. 오늘의 첫 일정은 제주 민속 마을을 둘러보는 것이란다. 제주의 오래된 풍습과 그 곳 사람들의 살아가는 지혜를 보고 제주도의 똥 돼지도 구경하고 물을 담아 짊어지는 물 허벅도 짊어져 보았다. 곳곳의 코스는 모두 입장료가 붙었는데 제주 자연사 박물관은 65세 이상은 무료였다. 오랜 제주의 역사와 볼거리들을 그림과 조각, 사진, 잘 설명한 글들을 보고나니 제주의 역사를 한 곳에서 가늠해볼 만했다.

제주에는 색다른 기차여행이 있었다. '에코랜드' 기차여행이다. 한 바퀴를 도는데 4개의 역이 있었고 각 역에서 내려 그곳 주위를 둘러보고 다시 역으로 와 기다리다가 오는 열차를 타고 다음 역으로 이동 곳곳에 잘 꾸며 놓은 경치와 절경을 구경하며 멋진 추억들을 만드는 곳이었다. 비가 내렸지만 잘 갖추어진 풍광이 다시 한 번 찾고 싶을 정도였다.

제주 여행에서 빼놓을 수 없는 코스는 동문시장이다. 재래시장이지만 워낙 큰 시장이었다. 관광객들로 붐비어 발 들여놓기 쉽지 않을 정도다. 일행들은 저마다 필요한 쇼핑을 마치고 시간이 조금 남아 해변 가 출렁다리를 건너보고 관광의 일정을 마무리 하고 저녁 식사를 마친 후 공항으로 이동 탑승 수속을 밟았다. 제주발 9시 비행기는 한 시간도 안 돼 김포에 도착했다. 집으로 돌아오니 11시가 다 되었지만 몸과 마음의 '힐링'으로 생활의 활력소를 찾은 듯했다.

연일 내린 비로 한라산에는 못가 봤지만 그래도 국토의 최남단 '마라도'를 다녀온 것만으로도 자랑스럽다. 14명의 일행 중 나는 제일 나이가 많았지만 다행히도 똑같은 나이의 일행이 셋이나 되어서 다소 위안이 되었다. 누군가 말했던가. 나이 듦은 늙어가는 게 아니고 익어가는 것이라고. 얼마 남지 않은 60대의 날들을 젊은이들과 잘 어울려가며 보고 듣고 배우며 마무리하고 70대엔 젊은이들에게 피해 끼치지 않고 나만의 버킷리스트를 하나 둘씩 실천해가며 살아가리라고 다짐해본다.

그 녀석을
만나고 싶다

박숙자

그 녀석을 만나러 가야 한다. 여름휴가가 시작되는 이맘때쯤 이면 자꾸 생각이 난다. 찾아다닌 지 벌써 2년째다. 아침 7시부터 간단한 간식과 사발면만 챙겨 서둘러서 차에 탔다. 길은 한가로웠다. 서해안 고속도로를 달려 대부도로 접어들자 봉지에 씌워진 포도송이들이 빼꼼히 얼굴을 내민다. 뜨거운 태양 볕에 잘 익은 포도알맹이들이 탐스러웠다.

몇몇 일행과 합류하여 배에 올랐다. 15명을 태운 배는 육지에서 10여분 떨어진 바다 위에 세워졌다. 근처에도 낚시 손님을 태운 배

몇 척이 떠 있었다. 이번에는 꼭 그 녀석을 만나야 한다는 생각에 주변을 두리번거렸다. 세워진 배 주위로 갈매기 몇 마리가 날아들었다. 아이들 서너 명이 미리 준비한 새우깡을 꺼내 하늘 높이 던져주자 갈매기들이 날렵하게 낚아채 간다. 아이들이 서로 서로 먹이를 주느라 정신이 없을 때 선장님의 우렁찬 목소리가 들렸다.

"낚시 줄 내리세요."

사람들은 좋은 자리를 차지하려는 듯 분주하게 자리를 잡았다. 나는 풍부한 해상 경험이 있는 선장님의 도움을 기대하며 재빠르게 상석갑판의 높은 자리인 선교(船橋) 옆에 자리를 잡고 앉았다. 낚시 줄을 바다 속으로 던졌다. 저 멀리 펼쳐진 수평선을 보며 엄지손가락과 검지손가락 사이에 끼워진 낚시 줄을 올렸다 내렸다 하고 있었다. 태양빛은 수면 위에서 유리알처럼 반짝이고 물결은 잔잔했다. 10여분이 지나도록 낚시 줄에 매달린 주황색 찌는 흔들림이 거의 없었다. 강렬하게 반사되는 빛 때문에 눈은 시렸지만 그 녀석을 만나기 위해 연신 이마에 맺힌 땀방울을 훔쳐내며 주황색 찌만 보고 있었다.

"아싸, 잡혔다."

배 뒤편에서 조용한 적막을 깨는 소리가 들렸다. 한 중년 남성이 휙 하고 낚시 줄을 하늘을 향해 잡아챈다. 연이어 주변에 있던 꼬마들과 어른들이 우르르 몰려가 구경을 했다. 아구의 힘이 센 작은 우럭새끼가 팔딱거리며 온몸으로 발버둥쳤다. 미처 삼키지도 못한 오징어가 삐져나와 있었고, 얼마나 세게 물었던지 낚시 바늘이 입안에 깊숙이 걸려 빠지지도 않았다. 겨우 가위로 자른 중년 남성은 우력을 최대한 크게 보이려고 팔을 쭈욱 멀리 뻗어가며 기념촬영을 했다. 녀석을 기다리는 나의 낚싯줄은 찰랑이는 물결을 따라 무심하게 흔들렸다.

그 녀석을 만난 것은 2년 전 여름휴가 때였다. 저 멀리서 배 한 척이 우리에게 다가왔다. 바닷바람과 반사된 빛에 그을린 탓인지 구리빛 피부의 선장님은 선글라스에 두건을 두른 모습이었다. 조금 늦게 도착한 김 교수 부부와 함께 배에 올랐다. 배낚시가 처음이라는 김 교수는 더운 날씨임에도 불구하고 머리에 수건을 두르고 그 위로 밀짚모자까지 눌러 썼다. 게다가 썬 크림을 어찌나 발랐는지 하얗게 분칠한 일본인형 같은 모습에 우리는 한참을 웃었다.

바다 가운데로 나간 배가 잠시 멈춰 섰다. "낚시 줄 내리세요."라는 선장님의 우렁찬 목소리에 맞춰 우리 일행은 낚시 줄을 내렸다. 잠시 후 촤르르 떨림이 왔다. 앉아있던 의자를 박차고 일어나 부지런히 낚시 줄을 끌어 올렸다. 수면 위로 올라온 낚시 줄 끝에는 미끼만 대롱대롱 달려있었다. 물살의 흔들림 때문에 흔들렸던 것이었다. 다시 한번 줄이 엉키지 않게 왼손으로 고정하고, 오른손으로는 추를 잡아 힘껏 휙 하고 멀리 던졌다. 추가 내려간 길을 따라 몇 개의 물방울이 올라온다.

추가 바닥에 닿았는지 줄이 느슨해졌다. 팽팽해질 때까지 당기고, 햇빛을 가리던 우산을 조금 옮겨놓고 앉았다. 촤르르 신호가 왔다. 물살로 흔들리는 느낌보다는 조금 더 강했다. 재빨리 일어나 훅하고 위쪽으로 치켜 올렸다가 내렸다. 속으로 하나 둘 하나 둘 구령에 맞춰 차분하면서도 재빠르게 낚시 줄을 끌어올렸다. 수면과 가까워질수록 흔들림의 강도가 점점 세지더니 묵직함이 느껴졌다. 순간 널찍하고 평평한 면이 확 드러났다. 얼핏 보기에도 엄청나게 큰 광어였다.

"어떡해. 너무 무거워. 도와줘요."

"와-아 잠깐, 꽉 잡고 있어. 기다려."

뱃머리에 있던 남편이 달려와서 내가 잡고 있던 낚시 줄을 잡아당겼다. 60센티미터는 족히 넘어 보이는 녀석이었다. 힘센 꼬리로 수면을 찰싹하고 한 번 치더니, 다시 물속으로 들어갔다. 그 녀석은 또 원을 그리듯 S자를 그리듯 몸부림을 쳤다. 잡고 있던 줄은 더욱 팽팽하게 당겨졌다. 남편과 광어가 힘겨루기를 하고 있을 때, 선장님이 급하게 뜰채를 들고 달려왔다.

뜰채가 물에 닿으려는 순간, 광어 그 녀석이 있는 힘껏 덤블링을 하듯 튀어 오르더니, 철퍽하고 바닷물위로 떨어졌다. 넓적하고 하얀 배가 드러났다. 얼마 지나지 않아 낚시 줄이 힘없이 물위로 떠올랐다. 힘없이 떠 있던 줄 위로 한 번 더 몸을 뒤집더니 널직한 등을 자랑하듯 보이며 물을 튀겼다. 꼬리를 위아래로 흔들면서 탈출성공 세리머니를 한 그 녀석은 깊은 바다 속으로 유유히 헤엄쳐 들어가 버렸다. 주변에 몰려든 사람들도 안타까운 듯 한숨과 탄성이 쏟아져 나왔다.

"아이고 큰 놈인데, 이럴 때는 힘으로만 계속 당기면 안되고, 당겼다 풀어줬다 하면서 힘을 뺀 후에 뜰채로 잡아야 해요."

선장님은 안타까운 듯 말하며, 들고 온 뜰채를 내 옆에 조용히 두고 가셨다. 허탈해 하던 남편은 끊어진 낚시 줄에 서둘러서 다시 낚시 바늘을 끼워 바다에 던지며 말했다.

"와, 봤어? 정말 아깝다. 60센티는 족히 넘었는데 말야."

남편은 의자를 옮겨 내 자리 가까이 앉았다. 내 왼편으로도 한 사람이 더 앉았다. 배가 떠날 때까지 한참동안 세 사람은 그 자리를 지키고 앉아 있었으나 낚시 줄까지 끊고 달아난 그 큰 놈은 다시 나타나지 않았다.

지금까지 남편은 그렇게 큰 광어는 처음 보았다면서 쉽사리 흥분을 가라앉히지 못하고 아쉬워한다. 그날 이후 배가 출조할 때마다 드넓은 망망대해 어딘가에 있을 그 녀석을 오늘은 만날 수 있을까 하는 기대감을 갖게 되었다. 좀처럼 움직이지 않던 찌가 움직인다. 열심히 끌어 올리면서 그 놈일까 생각해본다.

그 녀석은 정말 큰 놈이었다. 지금까지 우리에게 성공이라고 인정되지 못한 미완성의 것들 혹은 실패한 일들은 어쩌면 놓쳐버린 큰 물고기와 같은 게 아닐까? 그 당시에는 실망감을 안겨주기도 하지만 아직 이루어지지 않았기에 도전할 수 있는 기회와 미래에 대한 기대와 꿈을 열어주는 문이 될 수 있으리라.

오늘도 삶 속에서 놓쳐버린 물고기로 인하여 구석지고 어두운 방 안에서 홀로 외로이 낙심하고 있는 이들이여! 놓쳐버린 그 녀석은 도전하는 이에게는 실망을 주는 물고기가 아니라 다시 일어날 기회를 준다는 사실을 기억하자.

낙조가 아름다운
탄도항

안미경

모세의 기적처럼 바다가 갈라지는 곳 탄도항! 탁 트인 바다와 푸짐한 회를 먹고 싶을 때 하루의 시간을 가지고 다녀오기 적당한 곳으로 특히 낙조가 아름다워 사진을 찍으러 오는 사람들이 많은 곳이기도 하다. 문득 하던 일 내려놓고 홀쩍 떠나고 싶다고 느껴질 때나 낙조의 붉은 빛을 담고 싶을 때면 남편과 함께 가볍게 집을 나설 수 있는 거리의 위치하고 있는 이곳을 즐겨 찾는다.

탄도항에 도착하면 제일 먼저 풍력발전기 3기가 눈에 들어온다. 하얗고 커다란 발전기가 큰 날개로 느리게 원을 그리며 서있고 멀리 누에섬과 누에섬 위로 등대전망대가 보인다. 탄도항은 누에섬까지 걸어가면서 길 양쪽으로 시원한 바닷바람을 즐길 수 있는 여유와 낭만이 가득한 아담한 항구이기도하다. 슈퍼에서 새우깡 하나 사들고 남편과 이야기를 나누며 걷는다. 조금 걷다보면 끼룩끼룩 소리 내며 수많은 갈매기들이 이제는 익숙하다는 듯 자연스럽게 새우깡을 어서 던져 달라고 머리 위를 맴돈다. 힘껏 하늘 위로 던져주는 새우깡을 '백발백중' 실수 한번 안하고 한순간에 부리로 채가는 갈매기들의 재주를 보는 것도 탄도항의 즐거움이다.

누에섬 쪽으로 걷다보면 썰물 때라 많은 가족들이 조개 캐는 갯벌체험을 하며 즐거워하는 모습들도 볼 수 있다. 잿빛의 갯벌엔 작은 구멍들이 수없이 많이 있고 그 곳에선 작고 귀여운 꼬마 게들이 빠르게 들어갔다 나왔다 하면서 움직이고 있다. 개구쟁이 아이들의 모습 같아서 미소가 지어진다. 누에섬은 인근 탄도(炭島)에서 1.2km 떨어진 작은 무인도로 썰물 때 하루 두 차례 4시간씩 갯벌이 드러난 길을 걸을 수 있다. 가까운 거리에 있는 것 같던 풍력발전기와 누에섬이 생각처럼 가까워지진 않았지만 평소에 말이 없고 무뚝뚝한 남편과 걸으며 담소를 나눌 수 있어서 기분이 좋다.

누에섬에서 전망대까지 올라가는 곳은 제법 가파른 언덕이 있다. 요즘 운동을 게을리 했더니 헉헉 소리가 날 정도로 가을인데도 땀이 흐른다. 누에섬에 도착해서 밀물 시간을 먼저 알아보고 등대전망대에 올라갔다. 등대전망대 1층에는 누에섬의 자연환경, 등대·바다와 관련된 각종 그림과 자료, 2층에는 국내외 등대 그림과 모형 전시물이 전시되어 있고 3층에는 바다 전경을 한눈에 바라볼 수 있는 전망대와 선박의 통행 안전을 유도하기 위한 등대가 설치되어 있다. 부지런히 구경하고 밀물 때 서서히 바닷물이 들어오면서 육지와 누에섬을 잇는 길이 물에 잠기기 전에 발길을 되돌렸다. 구경하다 미처 물때를 못 맞추고 늦장 부려 바닷물이 점점 차오르는 걸 느끼고 허둥지둥 뛰어오는 사람들, 자거거로 빠르게 달려오는 사람, 신발이 물에 잠기는데도 느긋하게 걸어오는 사람들도 있다.

등대전망대를 구경하고 나와서 안산어촌민속박물관으로 들어가 보았다. 그 곳은 3개의 전시실과 부대시설인 수족관, 입체영상실 등이 있다. 어촌생활상과 어촌 사람들이 자연을 이용하는 지혜를 배우고 갯벌 자연자원의 소중함도 다시 한번 느낄 수 있는 곳이다. 낙조가 시작될 무렵이 되면 사진을 찍기 위해 DSLR 카메라와 삼각대를 좋은 위치에 차지하기 위한 사람들의 안 보이는 눈치작전에 들어간다. 나도 디카로 붉은 해를 가로지르며 날아가는 갈매기를 담아보았다. 사진에 관심이 없는 남편이 배고프다며 회 먹으러 가자고 재촉한다. 우리는 박물관 옆에 자리 잡은 회 센터로 향했다. 1층에 들어서면 각각의 상호와 호수가 써져있는 것이 보인다. 어느 집을 가나 가격은 비슷하다. "○○ 짜리로 해주세요."라고 이야기하고 2층으로 올라가면 그 계절에 나오는 싱싱한 해산물들이 한 상 가득 푸짐한 사이드 메뉴와 함께 테이블에 차려진다. 남편과 맛있는 음식을 먹으며 술 한 잔을 기울이니 행복이 입 안으로 사르르 녹아든다. 먹거리로 배를 채운 후 밖으로 나오니 탄도항의 바다는 오후까지 텅 비어있던 갯벌을 붉은 바닷물로 꽉 채우고 있었다. 빨갛게 하늘을 물들이는 낙조를 바라보며 바닷물과 하나가 되어 나는 서서히 그림 속의 주인공이 되어간다.

서울을 통째로 담가도
남을 타우포호수

남태일

벗꽃이 만개하던 봄 나는 뉴질랜드에 사는 작은 아들네를 방문 중이었다. 우리와는 계절이 반대인 남반구에 위치하고 있는 남서태평양에 있는 섬나라인 뉴질랜드는 가을이었다. 우리 가족들은 승용차를 몰고 그 나라의 최고 관광지인 타우포 호수와 후카 폭포를 찾아 떠났다. 이미 유명한 관광지란 말을 들었던 터라 설레임이 앞섰다.

뉴질랜드 북 섬 중앙에 위치한 타우포 호수는 크기가 싱가포르와 비슷하고 서울시를 그대로 옮겨 담가놓아도 남는다는 뉴질랜드에서 가장 큰 호수다. 1800년 전, 불기둥이 1,000m 치솟는 화산이 폭발하면서 지구 표면에 거대한 구덩이가 형성되었다고 한다. 당시 화산이 폭발할 때 날리는 광물질 먼지가 산을 넘고 바다를 건너 세계 각국의 구석구석에도 뿌려졌다고 한다. 그 거대한 구덩이에는 47개의 강과 개울물이 흘러들면서 타우포 호수가 형성되고, 호수의 가장 깊은 수심은 186m이고 호수 물은 뉴질랜드에서 가장 긴 강인 와이카토 강으로 흘러들어 간다.

우리가 그곳에 도착한 시간은 점심 무렵이었다. 끝이 보이지 않는 타우포 호수를 바라보는 순간, 수려하고 광활하고 신비로운 타우포 풍경에 매료되지 않을 수가 없었다. 타우포 호수 뒤에 아득히 보이는 통가리 공원은 병풍처럼 둘러싸고 우뚝 솟은 루아페후 하얀 설산은 마치 수염이 하얀 할아버지가 거대한 거울을 비쳐 보는 것 같았다. 호숫가에서는 하얀 요트와 유람선, 수상 비행기가 손님들을 부르고 있었다.

5월 중순은 뉴질랜드 가을의 절정이다. 호숫가에는 70여 가지 색소에 젖은 단풍나무와 푸른 잎이 무성한 나무들이 멋진 조화를 이루며 즐비하게 늘어섰고 그 나무 잎 사이로 황금가루 같은 햇살이 부셔지며 쏟아져 내린다. 보는이의 눈과 영혼을 빼앗아갈 정도다. 호수 물에 떨어진 낙엽들은 블랙스 완(검은 야생 거위)이 헤엄을 치며 지나갈 때 생긴 잔잔한 파도에 세차게 요동을 치다가 고요한 호수 물에 다시 엎드리면서 주황색 보석처럼 빛을 발한다. 뉴질랜드에는 원래 단풍나무가 없었고 봄부터 겨울까지 줄곧 푸른색이 강렬하게 자기 색을 고집했다고 한다. 유럽인들이 사시사철 초록 일색이 너무 지루하다고 하며 여러 가지 아름다운 단풍나무를 수입하여 심으면서 지금처럼 변한 것이다.

타우포 호수에는 유명한 낚시투어도 있다. 어종은 무지갯빛 송어와 갈색 송어, 자연산 연어가 있고, 낚은 고기는 규정한 사이즈보다 작은 것은 가지고 갈 수 없고 호수 물에 방생하여야 한다. 호수는 바다같이 푸르고 넓어 물이 엄청 차가울 것 같은데 진작 손을 넣어 보니 이외로 부드럽고 따뜻했다. 야생 천둥 오리들은 어미와 새끼들이 함께 옹기종기 기슭에 앉아서 일광욕을 하고, 호숫가 푸른 잔디에는 현지 사람들이 가족단위로 돗자리를 펴고 준비해 온 음식과 와인을 음미하며 즐기는 여유 있는 모습은 엄청 부러웠다.

타우포 호수는 너무 어마하게 커서 바다랑 분간할 수 없고 섬 중간에 또 섬이 있어 끝을 가늠하기 어려웠다. 이때, 일망무제한 호수를 바라보던 아내가 "이 호수만큼 마음이 넓으면 번뇌가 적겠지요." 라면 감탄했다. 그렇다! 아내의 감탄은 나를 겨냥하는 것 같기도 하다. 일상생활이나 대인 관계에서 관용의 덕이 모자라고 대범하지 못해 항상 다른 사람보다 번뇌와 고뇌가 많았던 것 같다. 뜻밖에 배신을 당할 때면 당한만큼 고스란히 돌려주려 하고 복수하는 일이 한두 번이 아니었다. 그때마다 이 넓은 호수처럼 대범하게 관용을 베풀었다면 삶의 질은 더 좋았을 터인데 말이다.

우리 다섯 식구는 후카 폭포로 이동하기 전에 송어 낚시꾼에게 1.8kg짜리 송어를 샀다. 호숫가 푸른 융단 같이 펼쳐진 잔디에 돗자리를 펴고 송어회에 와인을 한 잔씩 즐겼다. 싱싱하고 쫄깃쫄깃한

회는 너무 맛있었고 뉴질랜드의 와인 향기 또한 독특했다. 우리의 이런 여유도 다른 사람들의 부러움으로 이어졌을까.

점심 식사를 마친 우리는 차로 40여분 거리인 후카 폭포로 향했다. 후카 폭포는 마오리어로 "거품"이라는 뜻을 품고 있다. 타우포 호수에서 시작되는 와이카토 강은 100m 폭으로 유유히 흐르다가 후카폭포에 이르러 갑자기 15m의 좁은 협곡으로 접어든다. 이로 인해 초당 22만 리터의 물이 엄청난 속도로 한꺼번에 쏟아져 내려오면서 장쾌함과 박력감을 색다른 느낌으로 선사하는 세계적인 폭포로 이름을 날리고 있다.

협곡으로 쏟아지는 수량은 단 11초에 올림픽 경기 수준의 수영장을 가득 채울 수 있다고 한다. 푸른색을 띤 강물이 폭포에 접어들면서 비취색으로 변했다가 속도가 점차 빨라지면서 하얀 포말과 비취색이 뒤섞여 옥색으로 변해지고, 15m 너비에 11m 낙차에서 요동치며 흐르는 물결이 바위에 부딪쳐 우윳빛 물보라를 만들면서 5~6m 높이까지 뛰어 올라 안개같이 날아다닌다. 초당 22만 리터 쏟아지는 급류가 좁은 협곡의 암석에 부딪치면서 울려 나오는 우렁찬 소리는 우레 소리 같이 터져 나와, 10리 밖에서도 들을 수 있다고 한다. 날아다니는 새들도 폭포에서 터져 나온 굉음에 감히 옆에 범접 하지 못 하고, 그 굉음에 옆에 사람과 얘기를 해도 서로 들을 수 없다. 꼭 주의해야 할 것은 어린애들은 두 귀를 꼭 막아 주어야 한다. 폭포가 흐르는 계곡 위에 작은 다리가 놓여 있는데 다리 위에는 하루 종일 세계 각국에서 몰려 온 관광객들이 붐비고 있다. 다리 위에서 폭포를 바라보면 산들이 비치는 푸른색과 포말의 비취색이 서로 어우러져 쏟아지는 모습은 마치 요동치는 옥색 물결이 살아 춤추는 것 같았다.

계곡을 타고 계속 올라가면 지열로 인하여 수증기가 무럭무럭 피어오르는 모습도 볼 수 있고 회색 진흙이 부글부글 끓어오르는 광경도 관람할 수 있다. 방대한 지열 발전소를 가까이 돌면서 마치 분수대 같이 하늘을 찌를 듯이 치솟는 '간헐천' 온천도 나타난다. 우리가 간헐천 온천에서 나올 때는 이미 해가 서산 너머로 저물어가고 있었다. 뉴질랜드의 황혼은 색다른 감성을 보여 준다. 해가 서산에 닿을 순간, 칠색이 뒤섞인 붉은 색이 하얀 구름을 적셨다가, 해가 완전히 보이지 않을 때는 칠색 구름은 어느 덧 주황색 비단같이 잔잔한 파도를 일구며 저 멀리 흘러간다.

3개월 동안 뉴질랜드에 머무르는 동안 이 나라는 맑은 공기와 깨끗한 물, 천혜 자연을 팔아먹고 산다는 말이 거짓이 아닌 것 같았다. 넓은 땅에 자원이 풍부하고 인구밀도가 적어 생존경쟁에 시달리지 않고, 복지시설이 잘되어 어렵고 없는 사람들이 고통 없이 살아 갈 수 있는 나라, 이 나라에서 살던 사람들은 다른 곳에 가서 살 수 없다고 한다. 넓은 호수처럼 넉넉한 마음, 세상에 바쁜 일이 없고 언제나 느긋한 자태, 자연이 아름답고 인정이 넘치는 사람들, 정말 세상에 지상낙원이 따로 없는 것 같다. 아들은 뉴질랜드 영주권을 취득했다. 공항에서 작별을 할 때 아들은 살기 좋은 이 나라를 쉽게 떠나진 못할 것 같다고 했다.

나이 듦
– 에 대하여

누구나 나이가 들어 간다.

우리가 거부할 수 없는 유일한 것이 있다면

그것은 세월일 것이다.

그러기에 사람들은 말한다.

곱게

어른답게

사람답게

늙어가는 게 의미있는 삶이라고.

내 나이
이순(耳順)이다

정인자

지난해 생애 첫 건강검진을 동네의원에서 받았다. 대장내시경을 하던 중 종양이 발견돼 조직검사를 했는데 대장암 같다며 대학병원으로 가길 권했다. 결국 암 진단이 내려졌다. 올 것이 왔다고 생각했다. 그간 나를 위해 한 게 아무것도 없으니 당연한 일이었다. 울고불며 가족들까지 불안하게 만들고 싶지 않았다. 타고난 천성이 절망과는 거리가 먼 유전자를 지닌 터라 부정보다는 긍정을 택했다. 어차피 다가온 질병을 피할 수 없다면 최선을 다하자는 생각뿐이었다.

나는 자기 최면을 걸면서 치료에 임했다. 대장암초기 진단에 수

술을 했고 수술 후 1, 2기로 판정돼서 항암치료가 시작됐다. 강한 항암제 투여를 보름에 한 번씩 6회 실시했고 그리고 나서 약한 항암제를 한 달에 한 번씩 3회 예정되었다. 지난 겨울부터 올 봄까지 치료를 받고 경과가 좋아져서 예정보다 일찍 약한 항암 치료를 2회나 줄이고 항암치료는 모두 끝이 났다.

며칠 전 모든 항암치료 종료 후 처음으로 복부 CT촬영을 했다. 그 결과를 들으려고 담당의사 선생님 앞에 앉아 내 차례를 기다리는데 암 진단 때보다 더 많이 긴장이 됐다. 이번 결과에 따라서 다시 항암치료 여부가 결정되기 때문이다. 짧은 시간 동안 입이 바짝바짝 마르고 머릿속에선 별의별 생각이 다 들었다. 그 순간은 늘 자신만만하고 낙천적이던 내가 아니었다. 게으름 피지 말고 열심히 운동 할걸, 귀찮아하지 말고 야채반찬 많이 만들어 먹을 걸… 항암치료 끝난 지 얼마나 됐다고 벌써 해이해져 있는 나를 향한 후회가 밀려왔다. 드디어 담당 박사님이 입이 열렸다.

"암 수치도 정상이고 괜찮아요."

이 말에 "휴우" 하고 안도의 한숨을 내쉬었다. 완치 판정을 받기까지는 아직 시간이 남아있지만 이만한 게 감사할 뿐이다. 항암치료 하는 동안 병동에 많은 사람들의 가슴 아픈 사연에 눈물짓기도 하고 희망이라는 그 끈을 놓지 않으려는 그들에 노력에 나도 용기를 얻었다. 그 시간 동안 과거, 현재, 미래로의 먼 여행을 다녀왔다. 봄에 잘못 뿌려 놓은 씨앗으로 많은 대가를 치르며 그 무더운 여름을 고스란히 온 몸으로 품으며 살았다. 이제는 가진 건 없지만 행복한 나의 가을 속에서 살아가고 있다.

좋아하는 노래가 있다. "걱정 말아요, 그대"라는 대중가요 가사 중에 "지나간 것은 지나간 대로 그런 의미가 있죠."라는 대목이 생각난다. 과거는 그런 의미로 남겨 두고 미래를 위해 난 지금에 충실할 것이다. 과거로 인해 지금에 내가 있고 지금에 나로 인해 미래의 내가 있으니까.

이제 내 나이 이순이다. 논어 위정편에서 공자가 예순 살부터 생각하는 것이 원만하여 어떤 일을 들으면 곧 이해가 된다고 한 데서 나온 말이라고 한다. 예순이라는 나이는 거저먹는 게 아니다. 더 젊었을 때 암이라는 소릴 들었으면 청천벽력 같이 들렸겠지만 난 남들보다 일찍 결혼해서 어린나이에 엄마가 되고 벌써 손주가 넷이다. 거기다 큰 손녀는 고등학교 2학년이다. 암이라는 진단에 겁이 나긴 했지만 인생의 삼분의 이를 살았으니 이 정도면 됐다는 마음도 있었다. 예순이란 나이가 나를 내려놓게 만든 것이다.

살을 찌는 듯했던 지난 여름 글쓰기 지도 강사님이 인문학 강의를 새롭게 연다고 해서 찾아갔다. 강의 중 '시니어의 삶, 10년 후 나는 무엇을 하고 있을까'라는 주제발표 시간이 있었다. 그잖아도 앞으로 남은 인생 2막을 어떻게 준비해야 할까 고민을 하던 터였다. 예전부터 막연히 꿈꿔왔던 국밥집 아줌마에 대한 얘기를 했다. 40대 시절 작은 함바식당 아줌마를 하면서 더운 여름날 땀 범벅이 된 채로 일하는 사람들이 안타까워 얼음 띄운 수박화채 한 대야 만들어 나누어 주면 고마워하던 그들 모습에서 밥집 아줌마에 대한 자부심이 생겼었다. 살아 보니 혼자만의 삶을 살아온 게 아니라 알게 모르게 다른 이들에게 신세 진 일들이 많았다. 그걸 갚는다 하기보다는 그 고마움을 대신해 봉사하는 삶을 살고 싶었다. 그래서 난 건강이 허락한다면 조그만 국밥집을 열기로 결심했다. 나도 먹고 남도 먹이고 없는 사람이 오면 즐겁게 대접하는 그런 밥집.

아프고 나서 달라진 게 있다면 작심삼일이 작심칠일쯤으로 변한 것이다. 아마 아프지 않았다면 지금처럼 모든 게 절실하게 다가오지는 않았을지도 모른다. 이 절실함이 그래도 세상은 살아 볼 만하다고 그래서 하루하루를 알차게 보내야지 적어도 작심칠일은 가야지 하면서 나를 일으켜 세운다. 이 마음 변치 말고 쭉 간다면 몇 년 후 국밥집 아줌마인 내 꿈이 실현될 것이다. 흰머리에 뚱뚱한 소박하지만 알찬 국밥집 아줌마를 상상해 본다.

암이라는 진단은 나이 예순에 날아든 비보였지만 다행히도 항암치료가 잘 끝났고 이것은 하늘이 내게 한 번의 기회를 다시 준 것이라고 생각한다. 앞으로 남은 노년기는 건강을 챙기며 열심히 살라는 그런 뜻이리라. 그래서일까. 글쓰기에 입문한 지 얼마 되지 않았지만 마음잡고 습작을 반복하다 보니 흥미를 넘어 열정이 피어난다. 이제는 손녀딸의 힘을 빌리지 않고서도 워드작업과 메일 주고 받기가 수월해졌다. 지도 강사는 숨은 글재주가 있었다고 과찬까지 보태준다. 그게 사실이든 아니든 내가 무언가에 집중하고 있다는 것 하나만으로도 나의 오늘은 의미있는 시간이라고 스스로를 위로한다. 내일을 위한 의미 있는 오늘을 살다보면 뒤늦게 정한 나의 버킷리스트 '국밥집 아줌마'가 곧 현실이 되지 않을까?

뒤집기의 승자가 된
모자(母子)

김순겸

아카시아 꽃전이 들어있는 봉지를 들고 버스정류장에 있었다.
그때 손녀인 듯한 아기를 포대기에 안은 여인과 또 한 명의 중년의
두 여인이 동시에 나타났다.

"아기를 데리고 오면 어떻게 해."

"어쩔 수가 없었어."

모임으로 어디를 가기로 약속한 듯 보였다. 그 얘기가 끝나자 옆
에 서 있던 부부 중 한 아줌마가 말했다.

"우리 딸은 서른아홉인데 괜찮은 사람 있으면 부녀회장한테 전

화번호 좀 남겨줘요."

"우리 딸은 서른두 살인데 지난번에 서른일곱 살 남자를 소개해 주니까 늙었다고 싫대요."

"우리 애는 서른다섯인데 머리 감을 때마다 지 아버지가 드라이기로 말려줘여. 꼴 보기 싫어."

뜻하지 않게 본격적으로 세 분 아주머니들이 늘어놓는 자신의 딸들에 대한 흉 같기도 하고 아닌 것 한 얘기를 듣기 시작했다.

서른아홉 살 딸 엄마는 나이 먹은 딸이 집에 있는 것 자체가 스트레스인데 얼마 전 마흔다섯 먹은 노처녀가 총각하고 결혼하는 것 보니 연분은 따로 있긴 있는 것 같다며 스스로 위안을 삼으려는 눈치였다. 그러자 서른두 살 딸 엄마는 손가락 하나 까딱 않고 제 방 청소도 안하면서 그릇 몇 개 안되는 거 설거지 한다고 나서는 것이 얄밉다는 식으로 딸 흉을 봤다.

서른다섯 된 딸을 가진 여인은 빨래해주기도 귀찮아 죽겠다고 하소연했다. 부부의 세탁물은 얼마 안 되는데 딸 것은 몇 배 많아서 힘들다는 거였다.

마흔한 살에 결혼한 나는 그 아줌마들 얘기가 마치 나의 과거를 추적하는 것만 같았다. 여고시절부터 객지생활로 엄마와 함께 살지 않았지만 그분들처럼 애틋을 친정엄마 생각에 가슴이 뜨끔했다. 부모세대보다 늦어지는 자녀들 결혼으로 그 뒷바라지와 가사노동의 어려움을 하소연하는 그녀들의 심정이 충분히 이해됐다. 기다리던 버스를 탔다. 내리는 곳 근처의 야트막한 산에 아카시아 꽃들이 바람에 흔들거렸다.

영혼이 맑은 경희 언니가 단체 카톡방에 아카시아 꽃전 사진을 올리자 다음에 만날 때 먹고 싶다고 누군가 답글을 썼다. 놀랍게도 경희 언니는 모임에 나오면서 아카시아 꽃전을 열 장이나 부쳐서 가져왔다. 일반전과는 다르게 꽃과 꽃 사이가 벌어져 뒤집기가 힘들었을 텐데 가지런하게 잘 부쳐진 그야말로 작품 같은 화전이었다. 호박전 맛이 나는 그 전을 난생처음 먹어본다는 회원들은 이른 아침부터 서둘렀을 언니의 수고에 감사하면서 맛있게 먹었고 두 장이나 얻어왔다.

경희 언니는 몇 년 전 아들이 돈 없어서 장가 못 간다는 말에 속 앓이를 하면서 기도를 했다고 한다. 엄마의 간절함에 대한 기도의 힘일까? 아들은 모델을 그만두고 설비 배관일을 배워 일하던 중 친구를 만나러 갔다가 거기서 만난 여성과 연애를 하고 결혼까지 했다. 시부모님께 인사하러 오던 날 예비며느리를 본 순간 "나 사랑 많이 받고 자랐어요."라고 얼굴에 쓰여 있었다고 경희 언니는 말 한 적이 있다. 언니는 아들이 결혼할 때 몇 백만 원 정도 밖에 줄 수 없었단다. 그럼에도 불구하고 아들부부는 요즘 젊은이들보다 더 열심히 산 결과 5년 만에 집장만도 하고 알콩달콩 잘 산다고 했다. 맑은 눈빛만큼 고운 긍정적인 마음결을 가진 시어머니와 그 며느리가 닮았을 것 같다.

세상의 편견을 뒤집기가 그리 쉽지 않은 시대다. 아카시아 꽃전을 사람을 향한 따뜻한 마음으로 뒤집어 여러 사람에게 향기를 나

눈 경희언니다. 그런 언니의 가르침과 보살핌속에서 자란 아들이었
으니 역시 달랐던 것이다. 황금만능주의로 얼룩진 결혼 문화를 뒤엎
고 보란 듯이 당당하게 결혼하여 행복한 가정을 꾸리는 게 아닐까.

한나절,
그녀들의 반란

송민경

두둥실 노니는 뭉게구름이 코발트 빛 도화지에 수채화를 그
리듯 한 아름 하늘을 수놓는다. 열여덟 살 소녀처럼 그 구름에 사뿐
히 올라앉아 바람을 벗 삼아 어디론가 정처 없이 떠나고픈 오후! 옷
깃을 파고드는 바람이 아니 어도, 어느새 가을이 성큼 와 있음이 왜
이리 쓸쓸함으로 다가올까? 뜻 모를 방울 소리가 내 가슴으로 퍼진
다. 그 소리를 따라 산들 산들바람에 마음 싫어 하늘을 날을 때 나
를 깨우는 현실의 소리.

"따르릉~"

정신을 제자리에 갖다 놓고 목소리를 가다듬는다.

"여보세요?"

"나에요 나."

적잖게 에너지가 넘치는 허스키 보이스가 전화선을 타고 들려온다. 굳이 누구인지 묻지 않아도 홀로그램처럼 활짝 웃는 그녀의 모습이 그려진다. 이야기들을 쉴 새 없이 늘어놓아 부산해 보이기도 하지만 오지랖이 넓어 정도 많고 미소가 넘쳐나는 부녀회장 C다. 나를 글쓰기 동아리와 독거노인 돌보기 봉사에 참여시켜준 것은 물론이고 배울 점이 너무나 많은 여인이다.

"어머! 안녕하세요? 어쩐 일이세요?"

봉사를 생활하듯이 하는 그녀이기에 '또 무슨 봉사 갈 일이 있나?' 하며 겁부터 먹었지만 그게 아니었다. 글쓰기 반 동료인 J씨랑 식사나 함께 하자고 했다. 다행히 추석 준비를 하려고 오후 시간을 비어 놓고 있었던 터였다. 고민할 필요가 없었다. 곧장 오케이 사인을 보냈고 이렇게 하여 그 날의 번개팅이 이루어졌다.

갑자기 뭉친 세 사람은 어렸을 때 소풍가기 전날처럼 들뜬 마음으로 의기투합하며 일탈을 외쳤다. '고! 고! 야외로…….'라며. '그래! 오늘은 엄마로서, 아내로서 그리고 가정과 일 모두를 놓고 오로지 나만을 위해 가을 속으로 들어가 보자'라는 다짐을 했다. 이왕 벌어진 일탈이라면 호수가 있어야 할 것 같고, 음악도 흘러야 할 것 같다. 분위기 좋은 카페에서 향기 그윽한 차도 한잔해야 하지 않을까? 상상의 나래를 펴면서 한참 동안 드라이브를 하며 도착한 곳은 가요 '사랑의 미로'의 여가수 최진희가 운영하는 백운호수 근처의 한 정식 집이었다. 점심시간이 훌쩍 넘었는데도 유명세 덕인지 사람들이 곳곳에 삼삼오오 자리 잡고 있었다. 자연미를 한껏 잘 살린 인테리어와 어릴 적 고향집 마당을 떠올리게 하는 듬성듬성 달린 대추나무, 그리고 청사초롱 매달리 듯 방울방울 매달려 뒤엉켜 있는 이름 모를 예쁜 풀, 그 옆에 아직은 덜 영근 열매가 젊음을 상징하듯 뽐내며 매달려 있는 초록색 감나무 등등. 아기자기 한 정원과 하얗게 피어나는 뭉게구름은 잘 어우러져 우리를 추억 속으로 안내했다.

들깨 향 고소한 죽이 겸비된 한정식 음식이 정갈하고 담백하다. 우아하게 식사를 마친 세 여인은 1층 벤치에 앉아 커피를 한 가운데 놓고 수다의 꽃을 피우기 시작한다. 마치 수년을 헤어졌던 여고 동창생처럼 '하하' '호호' 마냥 즐겁다. 집에서 벗어났다는 생각 때문일까? 차례준비를 해야 한다는 생각도, 종갓집 맏며느리라는 무거움 그 어떤 것도 우리를 동여매지 못했다. 마치 꽁꽁 묶여있던 끈이 툭 풀린 것 같은 홀가분함이 사춘기 소녀의 마음으로 돌아가게 했다. 두 번 다시 오지 않을 것 같은 특별한 기회였기에 뭔가 추억을 남겨야 할 것 같아 정신없이 셔터를 눌렀다. 사진을 들여다보면 세월의 흐름이 고스란히 느껴지건만 소녀 같다느니 숙녀 갔다느니 떠들면서 서로를 위로해주며 "맞아 맞아" 맞장구를 쳐대며 까르르 까르르 웃음소리는 계곡을 흔든다. 조금이라도 나온 배를 감추려 호흡을 멈추고, 어떻게 해서든 세월의 흔적을 지우려고 옆으로 아래 위로 각도를 바꿔가며 모델 빰치는 포즈를 취하는 것도 서슴치 않왔다. 마치 고삐 풀린 망아지처럼 마냥 즐겁고 행복하다. 그 순간만큼은 감정에 격식을 빼고 그저 마음 흐르는 대로 놔두고 싶었다. 이런 시간이 얼마만이던가?

C가 쏟아 놓는 탁구사랑 이야기와 가슴설레이던 사춘기 추억 얘기, 그리고 모두의 관심사인 자식얘기가 저절로 흘러나왔다. J씨의 과감히 떠났던 두 달간의 유럽여행 이야기와 친구 따라 오디션에 갔다가 합격하여 연기자의 길을 걸을 뻔 했던 에피소드 등등, 끝없는 도전이야기와 못다 이룬 아쉬운 이야기들이 한 겹 두 겹 쌓여가면서 가을 들녘만큼이나 풍성해진다. 그녀들의 가슴속에서는 아직도 끝나지 않은 새로운 도전의 욕망들이 꿈틀대고 있었다. 글쓰기 동아리에 대한 꺼지지 않는 애정담긴 이야기 등등…….

번개팅에서 내 마음을 더욱 기쁘게 한 것은 요즘 많이 평안해 보이는 J씨의 맑고 밝게 웃는 모습이었다. 그녀는 늘 한 아름 사연을 안고 사는 사람 같았고 풀 수 없는 보따리를 움켜 쥐고 있는 것 같아서 가까이 다가서기가 어려웠었다. 더욱이 그녀의 글 속에는 늘 사랑하는 아들을 잃은 가슴 저린 슬픈 사연이 고스란히 숨어있어 어찌 해야 할지 모를 때가 많았다. 가슴이 막막해 그저 마음속으로 꼬옥 안아주고 응원을 보냈을 뿐……. 그런 그녀가 오늘은 연신 입에서 금기사항 같았던 아들의 죽음이란 단어가 두 번이나 자연스럽게 흘러나올 때는 '아~ 드디어 상처가 아물었구나!' 하는 생각에 가만히 안도의 숨을 쉬었다. 그녀의 밝은 표정과 웃음소리가 너무나 감사했다. 이것이 글을 쓰는 위력이 아닐까? 글쟁이들은 아픔도 슬픔도 미움도 사랑도 모두 글에 토해 낸다. 누구보다 감성이 풍부하고 내면에 열정이 많은 사람들이기에 그들은 작은 떨림에도 몇 배의 아픔을, 때론 기쁨을 토해 놓는다. 그들에게 글은 생명수이고 탈출구이고 때론 파라다이스인 듯싶다. 많은 세월을 고통의 늪속에서 헤맸을 터이다. 이제부터는 아들한테 미안해 하지 말고 아들 몫까지 행복했으면 좋겠다. 한나절이었지만 J씨와의 많은 대화를 통해서 그녀는 누구보다 자유로운 영혼을 가졌고 실천할 용기와 도전하는 배짱도 있다는 것을 알았다. 그런 그녀가 부럽고 아름답게 느껴졌다. 헤어질 때 그녀를 바라보며 눈빛으로 말했다. '재희씨 세상을 맘껏 훨훨 날아요. 인생은 도전이고 내 인생의 주인공은 나이니까.'라고.

많이 웃어서일까? 돌아오는 길이 묵은 때를 벗은 듯, 버거운 짐을 덜어낸 듯 새털같이 가벼웠다. 이렇게 행복한 일탈을 누가 막은 것도 아닌데 그동안 왜 떠나지 못한 것일까? 마치 가득 찬 물독을 다 쏟아 부운 듯 가슴이 시원하다. 이번 한가위는 왠지 손놀림이 가벼울 거 같다. 다시 채울 빈 독이 더 넓고 더 깊게 자리 잡은 것 같아 또 다시 마음이 설렌다.

내일은 무엇으로 독을 채울까?

글쓰기는 내 삶의
비타민

류인록

가끔씩 농담처럼 하는 말이 있다. 가수 '노사연'을 빼고 대한민국에 사연 없는 사람은 없다고 나 역시 예기치 못한 사연 때문에 방황하던 시절이 있었다. 지금도 술을 좋아하지만 방황하던 그때는 먼저 떠난 아내에 대한 미안함과 그리움 때문에 술로 보내던 나날들이었다. 그런 나를 보고 안타까워하던 이웃 지인이 이제 그만 방황하고 무언가 취미생활을 해보라고 했다. 그때가 2012년 봄이었다. 내가 원미2동 주민자치센터 자치프로그램인 글쓰기 반에 참여하게 된 계기였다.

주민자치센터는 엎어지면 코 닿을 만큼 우리 집과는 지척 간이었다. '등잔 밑이 어둡다'는 속담이 맞았던 것이다. 학교 공부라고는 초등학교 과정이 전부인 나로서는 글쓰기 교실이 너무 생소하고 강사의 강의 내용을 이해하기란 그리 쉽지 않았다. 대부분의 회원들은 여성들이었고 남성회원들은 숫자가 적었다. 설상가상으로 남성회원들 중엔 도중하차하는 이들이 늘어났고 고등학교 교장으로 정년퇴임한 누군가는 자서전을 쓰기 위해 찾아왔다가 그 역시 포기하고 나오지 않았다.

내가 글쓰기교실을 찾기 1년 전 이미 회원들은 각자의 부담금으로 공동 수필집 '그해 겨울 사람냄새가 좋았다'라는 수필집을 냈다. 그 수필집을 읽고 나서 나는 마음을 정했다. 집도 가깝고 신문 읽기를 싫어하지 않기 때문에 배워보겠다는 결심을 했다.

그해 겨울 원미2동 글쓰기교실 회원 9명은 두 번째 에세이집 '글로 푸는 원미동 사람들'이라는 책을 출간했으며 나는 '유년의 뜰로 돌아가다'와 '아내에게 바치는 노래'라는 제목으로 두 꼭지를 써냈다. 다른 사람들은 어떻게 생각할지 모르겠지만 나는 마음 뿌듯했었다. 글쓰기교실의 강사인 '박창수' 작가는 왜 사느냐고 묻는다면 사람냄새가 너무 좋아서 그것 좀 날마다 느끼려고 한다고 했다. 원미동에서 사람냄새를 즐기는 자신을 두고 '나는 행복한 사람'이라고 말하곤 했는데 나 또한 어느새 그렇게 변해가고 있었다.

또 한해가 흘러 우리 회원들은 좀 더 발전한 글 솜씨를 자랑하는 세 번째 에세이 '머무르고 싶었던 순간들'이란 책을 냈으며 나는

'초딩들의 가을 나들이'와 '사랑하는 딸에게'라는 글과 자작시 '눈이 오는 날에는'라는 시를 써냈다. 회원들과는 뒤처지는 글이었지만 나는 이 모두가 작가와 회원들의 배려로 생각하며 늘 감사했다.

각 주민자치센터에는 갖가지 자치프로그램들이 많지만 글쓰기 교실은 드문 편이다. 세 번째 에세이집을 출간하고 나니 원미2동 글쓰기 교실은 널리 널리 알려지고 회원들은 저마다 각종 공모전이나 백일장에 참여하여 상장과 상품을 받아왔다. 방송국에 글을 올려 방송을 타고 상품을 받는 횟수도 빈번해졌다. 나 또한 부천시 백일장에서 삼행시 부문에 참가해 장려상을 받았고 문화방송 '여성시대'에 글을 올려 방송을 타고 공기청정기를 상품으로 받기도 했다.

글쓰기 교실에서 부족하나마 글을 접하다보니 동사무소에서 주민자치위원으로 활동해 달라고 했고 나는 4년째 참여하고 있다. 우리 동네에는 글쓰기교실의 회원들이 주축이 되어 만들어진『원미마루』라는 신문이 있고 기자로 위촉 받아 활동하고 있다. 올봄에는 글쓰기교실의 다섯 번째 에세이집 '엄마의 손가락'을 발간했다. 나는 '애비 간절한 부탁 하나 있다.'와 '내 친구 길례' 두 편을 썼으며 아울러 에필로그를 썼다. 주민들과 지인들의 호응을 받으며 축하공연에 이어 제법 멋진 출판 기념회를 가졌다. 한 일간신문에 우리의 출판기념회 소식이 실리기도 했다.

우리 에세이 교실이 문을 연 지 어느새 만 6년이 지났다. 여섯 번째 작품집을 펴낼 수 있었던 힘도 문학을 사랑하는 사람들과 부천의 힘 그리고 정이 넘쳐나는 원미동 사람들의 사람냄새가 그 원동

력이 되지 않았을까 싶다.

　회원들의 숫자는 점점 늘어나고 있다. 2년 전 어느 날 뜻밖의 남성이 우리 글 쓰기 교실에 찾아왔다. 중국에 사업체를 두고 있으며 앞으로의 희망은 소설을 쓰고 싶다는 'N'씨다. 어쨌든 나는 제일 반가운 사람이었다. 그동안 여성회원들 속에 나이차이도 많은 가운데 내가 같이하기가 조금은 민망스러웠기 때문이다. 올 들어서 또 다른 회원 'C'씨도 동참하면서 이제는 남성회원이 셋이 되었다. 마음이 뿌듯하다. 우리 글쓰기 교실은 그 연륜이 있는 만큼 발전을 거듭하면서 널리널리 알려지고 있다. 각종 잡지, 사보, 신문들이 잊을 만하면 한 번씩 우리교실을 소개한다. 올해 초 경기도 '따복' 공동체 지원센터에서 주관하는 지원 사업에 '수다쟁이 다락방'이라는 이름으로 응모해 선정되었다.

　'잘 달리는 말에 채찍질 한다.'는 말이 있다. 이왕 내친김에 우리 모든 회원들이 바쁜 일상생활 속에서도 짬을 내어 열심히 글을 써 베스트셀러 작가도 나오고 먼 훗날 노벨문학의 주인공도 탄생하는 글쓰기교실이 되었으면 하는 게 나의 간절한 소망이다. 그동안 우리가 또 내가 이만큼의 발전이 있기까지는 글쟁이를 꿈꾸는 우리들만의 끈끈한 만남의 힘이 아닐까.

내 나이가 어때서

천명준

세월의 흐름은 그 누구도 피해갈 수 없듯이 나 또한 마찬가지인 듯 싶다. 어느새 이순(耳順)의 나이가 되었다. 나이 듦에 두려워할 이유는 없을 것 같다. 지금부터 내 인생의 2막이 펼쳐지니까.

1년 전 우리 수퍼마켓이 있는 상가에 비상이 걸렸다. 전 전임 회장이 남긴 잉여금 천오십만여 원과 전 회장 임기 4년 동안의 수익금 육천여만 원을 합해 총 칠천여만 원의 돈이 어디에 행방불명 되어 사라진 것이다. 상가 회원들이 우왕좌왕하며 한동안 벌집을 쑤셔놓은 듯한 분위기가 지속됐다. 이런 상황에서 평소 나의 성실함과 사무 처리 능력을 신뢰하던 상가 점포 회원들은 나를 새로운 상가회장으로 내세웠다. 누군가는 난국의 해결사로 나서야 했기에 내가 칼자루를 들어야 했다.

전임 회장의 부실관리로 인해 나는 마이너스 5만 원과 악성 미수금 1천8백만 원의 결과로 남은 상가 회장에 취임했다. 엉망이었던 상가 재무를 나는 나름대로 인생 경험 노하우를 발휘해 보름 만에 정상 궤도로 올려놓았다. 연체료 50퍼센트 삭감이라는 획기적인 제안으로 상인들의 공감을 샀다. 그동안 관리비를 연체한 가장 큰 이유가 회장에 대한 불신으로부터 비롯됐다는 것을 나는 회장 취임과 동시에 간파 했었다. 미수금 95퍼센트도 받아냈다. 미수금을 회수하는 과정에서 사건도 많았다. 그 중 기억에서 지워지지 않는 것 두 가지가 있다. 전임 회장 집을 방문하여 사라진 돈의 출처를 따져 묻자 대뜸 한다는 말이 잘못이 있으면 신고하란다. 시간을 달라고 하여 한 달 여를 주었는데 그 사이 영수증이 다 맞추어져 있었다. 황당무계한 일이었다. 또 하나는 관리비를 받으러 갔는데 무단침입자로 신고하겠다고 했다. 하지만 그런 으름장에 포기할 내가 아니었다. 두세 차례 더 방문하여 자식 이야기 등 인생사를 논한 뒤 결국 합의 하에 연체되었던 관리비를 받아내는 성과를 거두었다.

그 후로 우리 상가는 다시 생동감 넘치는 아름다운 상가로 거듭 태어나고 있다. 내가 취임한 이후 고질적이던 관리비 연체 관행이 사라졌다. 점주들로부터 올 5월 정기 총회에서 관리 능력을 인정받아 판공비가 40만 원으로 인상됐다. 회장 판공비 인상은 전무후무

한 일이다. 점포주들로부터 인정받았다는 것이 그 무엇보다도 기분 좋은 일이다.

　요즘 우리 상가는 회장과 임원진들의 단합된 힘으로 새로운 상가 활성화 방안을 모색했고 한 가지씩 실행으로 옮기는 중이다. 우선 상가의 주변 나대지를 정리하고 지난 9월에는 맨드라미 160송이와 백일홍 150송이, 국화 등 50송이를 심어 황무지를 꽃밭으로 탈바꿈 했다. 상가 주변이 한결 청결하고 밝은 이미지로 변신했다. 최신형 210만 화소 CCTV를 설치하여 방범을 완벽하게 갖추었고 복사기, 팩스기 각종 도구를 마련하여 상인들의 편리를 도모하고 있다. 또한 상조회를 개설하여 점포별로 5만 원씩 모아 결혼기념일 축하금으로 연간 약 2백만 원을 지급한다. 얼마 전에는 예외로 총무가 셋째 아이를 임신하여 특별히 회장 직권으로 15만 원의 축하금을 주기도 했다. 이뿐만이 아니다. 상가 건립 23년 만에 처음으로 바닥 청소를 하여 깨끗한 상가를 만들었으며 형광등은 전부 LED등으로 교체하여 전기료 절약과 밝은 상가를 만들었다.

　내 나이 60이다. 남들은 쉬엄쉬엄 하라고들 하지만 나에게는 아직도 못다 이룬 꿈이 있다. 한 번 더 재도약하는 것이다. 이전의 명성을 얻기 위하여 제 2의 대박슈퍼 오픈을 준비하고 있다. 가난한 어부의 아들로 태어났지만, 올해 처음으로 약 70평에 농사도 지었다. 하면 된다는 신념으로 최선을 다하고 있다. 올해는 고구마 250포기를 비롯해 고추 102포기를 주종으로 농약 없는 먹거리 일부를 재배한다. 내년에는 좀 더 면적을 넓혀 먹거리 일체를 생산하여 대박슈퍼에서 판매할 예정이다. 아름다운 노년기를 만들고자 동분서주하고 있다. 그래서 나 자신은 요즘 더 힘이 샘솟으며 행복하고 즐겁다.

돈이 많으면 더 좋을지 몰라도 최소한 돈의 노예가 되거나 노년에 자식들에게 손 벌리지 말아야 한다는 게 나의 지론이다. 보통 사람은 나이 60이 넘으면 몸을 사리거나 손자 손녀나 돌보면서 소일하는 경우가 많다. 내 생각은 다르다. 노년의 안녕을 위해서라도 열심히 힘 닿는 데까지 일해야 한다. 내 나이 이제 환갑에 이르렀지만 중후한 맛과 향기는 지금부터 나타날 것이다. 노블레스 오블리주를 실천할 때이기도 하다. 이제껏 살아오면서 느끼고 익힌 내 모든 것을 한 단계 업그레이드시킬 것이다. 나는 아직도 젊다. 해야 할 일도 너무 많다. 나의 버킷리스트를 차근차근 빠짐없이 실행으로 옮겨 나가는 것 또 한 잊지 않을 것이다. 그 중 가장 먼저 해야 할 것이 나의 아름다운 삶에 대한 열정과 건강이다.

방포댁의
귀촌이야기

김재희

도시의 햇살과는 비교도 되지 않을 만큼 강렬한 햇볕아래 모녀는 자갈밭을 지나 은모래 반짝이는 바닷가에 엎어졌다. 어쩌면 바지락이 이렇게 많을까. 친구의 얼굴을 보기도 전에 차를 주차하고 발아래 펼쳐진 모랫속을 먼저 파헤치고 있었다. 그때 어디선가 낯익은 시골 아낙네의 목소리가 들려온다.

"가시나야 왔으면 내 얼굴부터 봐야지 지금 뭐하는 것이여. 몸도 불편하신 엄마까지 델꼬말이여."

마치 멀리 떨어져 살던 딸이 엄마를 마중하듯 친구가 달려온다.

"빨리 나와야? 어련히 알아서 준비해 놨을까?"

"엄마는 먼길 오시느라고 힘들지 않았시유?"

특유의 정감어린 톤으로 엄마를 대하는 것이 꼭 친 딸처럼이나 정겹다.

"아이고 여기서 보니 몰라 보겠네."

"참 좋구만~ 여기 이 높은 건물이 시방 다 자네 껏이여."

"왜 엄마가 보기에 어때유! 괜찮아 보이지유! 이제는 자리잡고 이렇게 살고만유."

귀농한 지 구년차가 되어가는 방포댁은 원래부터 살았던 것처럼 이곳 색깔에 짙게 물들어 있었다. 사투리 보관 창고문을 열어놨는지 속사포 같은 사투리가 숨도 고르지 않고 쏟아져 나온다.

"저것이 진작부터 엄마 한번 모시고 오라고 해도 혼자만 오곤 하더니만 오늘 이렇게 건강한 모습을 뵈니 반갑고 참 좋네요."

"그나저나 이제는 살결도 뽀얗고 도시 할머니 다 돼버렸네유."

"여기 구경거리도 많은데 푹 쉬었다가 하룻밤 자고 내일 가시면 어떨랑감유."

"오시는 길에 오늘 마침 개장하는 튜울립 축제장도 모시고 들렀다가 오라고 했는디 어떻게 딸래미가 이쁜 꽃 구경이랑 시켜줬슈."

오랜만에 만나니 이야기 꽃이 멈출 줄을 모르고 줄줄 고구마 줄기처럼 따라나온다. 저렇게 하고 싶은 말도 많고 보고 싶어서 지금껏 어떻게 참았는지 모르겠다.

지난 겨울이었다. 방포댁은 갑자기 부천에 상경했단다. 높은 쌍둥이 빌딩 앞인데 우리집을 못찾겠단다. 부천의 대형병원에 검사를 받으러 왔다가 얼굴 한번 본다고 찾아왔다기에 반가움에 맨발로 뛰쳐나갔다. 먼 길 찾아온 친구에게 근사한 곳에서 식사를 대접했다. 친구는 내려가면서 내 손을 꼬옥 잡으며 당부를 잊지 않았다. 날씨가 풀리거든 엄마를 모시고 꼭 한번 다녀가라고. 그날의 약속을 지키기 위해 따뜻한 봄날을 손꼽아 기다렸다가 이렇게 내려온 것이다.

그녀는 소설 속의 주인공처럼 살아왔다. 언제부터인가 그녀의 삶이 무너졌고 건강까지 위협을 받으며 점점 쇠락의 길로 접어들었다. 그 무렵 마지막 지푸라기라도 잡는 심정으로 맘 편하고 공기 좋은 곳에서 조용히 살아 보겠노라며 남편의 연고가 있는 태안으로 내려온 것이다. 자유로운 영혼을 만끽하기 위해 따라나선 선택의 결말은 현실적인 삶으로 대답을 하고 있었다. 천성이 부지런하고 소탈한 성격을 지닌 친구는 어딜 가도 잘 살아 낼 꺼라 여겼지만 현지인보다 더 현지인처럼 살아가는 방포댁이 참으로 현명해 보이니 보는 나도 흐뭇하다. 그녀가 귀촌을 한 지 벌써 아홉 번째의 봄을 맞았단다. 다행이다. 친구가 서울살이를 모두 정리하고 이곳으로 내려온다고 했을 때 조금은 걱정이 앞섰는데 너무나 잘하고 있어서 마치 적응의 여왕처럼 이제는 토박이로 착각할 정도다. 그녀의 인생에 찾아왔던 안개가 서서히 걷혀가고 있는 것 같다. 무엇이든 생각만 했을 때 두려움은 막상 닥치고 나면 별게 아니란 걸 깨닫게 된다.

방포댁이 귀촌 첫해부터 지금의 바닷가에 살았던 건 아니다. 처음 몇 년은 고구마와 고추농사를 지으며 시골살이의 첫 걸음마를 뗐단다. 그러다 고심 끝에 야심차게 선택한 일이 바닷가 펜션을 운영하게 되었다. 방포해수욕장은 어떤이들에겐 조금 생소할지 몰라도 안면도에서 유명한 꽃지해수욕장 바로 그 옆이다. 그곳에서 친구는 바닷가 펜션과 횟집식당을 운영하며 살아가는 어엿한 사장님이 되었다. 어디서도 찾아볼 수 없는 마음이 편안해지는 풍경을 만날 수 있는 곳이다. 은빛 깔의 멸치가 까막눈을 끔뻑거리는 사이 우럭 한 마리가 손님 대접을 위해 희생양으로 수조에서 끌려 나왔다. 뒤를 이어 낚지 한 마리는 덤으로 따라왔다. 밥상에 바다 냄새가 진동을 한다. 얼큰하게 끊인 매운탕을 맛깔스럽게 담아내고 방금 건져 올린듯한 싱싱한 해초무침은 조몰락 조몰락 손맛을 넣어 한상 소담스레 차려 나온다. 그녀는 조금만 수고하면 상다리가 부러지는 곳이라고 했다. 마침 시장기가 돌던 참에 뜨끈한 매운탕 한 그릇에 꿀맛 같은 오찬을 맞았다.

서해 바닷가 마을은 빌딩숲이 어우러진 도시와는 다르게 어디를 앉아도 햇볕이 그득하니 따사롭다. 햇살을 등에 업고 앞 마당에 세 모녀가 마주 앉았다. 그런데 이를 어찌할까? 잔디가 곱게 깔린 마당의 풀숲 사이에서 졸고 있던 햇쑥들은 깊은 잠을 잘 수가 없다. 노모의 눈을 피해가지 못하고 날렵한 칼끝에서 숭덩숭덩 잘려 나간다. 어느새 바구니 가득 푸르름이 한가득 쑥향으로 채워졌다. 엄마는 풀섶 사이사이 자라고 있는 쑥들을 그야말로 순식간에 폭풍이 지나간 듯 쑥대밭으로 초토화시켜 버렸다. 처음엔 억지춘향으로 따라 오셨다가 쑥쑥 올라온 봄의 생명들에게 손과 눈을 빼앗기고 신바람이 난

듯 했다. 다른 때 같았으면 길 막힐테니 서둘러 출발하자는 재촉을 열두 번도 더 했을 터이다.

사람 냄새 느끼고 마음 나눌 여유도 없이 각박한 도시의 삶에 염증을 느끼며 고단한 삶을 사느라고 나의 몸과 마음이 만신창이로 지친 상태이다. 그래서인지 이곳에 오니 봄 하늘이 더욱 포근해 한없이 머물고 싶어진다. 수다가 진전을 거듭하며 무르익을 무렵 한 무리의 손님들이 들이 닥쳤다. 주인장인 방포댁은 손님상을 준비해야 함으로 잠시 자리를 비웠다.

쑥과의 전쟁 삼매경에 빠진 노모를 남겨두고 해변 길 산책에 나섰다.

전화기의 연결음도 잠시 꺼두고 고즈넉한 이 분위기를 즐겨본다. 그 시간 속에서 해변의 옛 길은 나에게 마음의 고향이 되어 위로가 되어 줄 것 같다. 순수하고도 거친 자연 속을 누비는 모험의 시간이 걷는 이에게만 허락되는 자연의 선물로 다가온다. 조용한 해변길이 내 마음을 편안히 안아준다. 햇살에 젖은 파도가 춤을 추는 바다를 물끄러미 바라보니 또다시 떠오르는 아픈 상처가 되새김질 쳐 올라온다. 아들을 보내고 슬픔을 추억하지도 않았고 눈물로도 말하지 않았었다. 이제는 사는 게 늘 이런 오솔길 같았으면 좋겠다. 길게 뻗어 있는 아치형의 자갈밭이 맨 얼굴을 드러내기 시작한다. 작은 바람에 팔락거리는 나뭇잎 같은 내 마음이 멈춰선건 저 멀리서 들려온 친구의 목소리가 바닷바람에 실려온 탓이다.

"가시나야 불러도 대답없고 혼자 여기서 뭐하는겨~ 엄마는 마당에 팽개쳐 두고."

잠깐 손님상 차리느라 자리를 비웠던 방포댁이 다시 옆자리를 채운다. 손님이 뜸해지는 오후 한때 챙 넓은 모자 하나씩을 눌러쓰고 우린 나란히 바닷가에서 시간을 주물럭 거렸다.

여름 성수기가 되기 전 오붓한 우리들만의 시간으로 이른 바닷가를 통째로 사수했다. 두 사람이 걷는 모래톱 위로 길게 따라오는 발자국이 우정의 증표를 만들어 놨다. 방포택과 우리는 오후 반나절을 그렇게 바닷가에서 또 하나의 추억을 만들며 운좋게 한 마리씩 올라오는 낙지의 손맛도 즐겼다.

두 눈으로 직접 보지 않았더라면 친구의 행복한 삶을 알 수 없었으리라. 그녀를 염려했던 마음이 안개 걷히듯 환해지는 기분이다

마지막 예식

이경희

며칠 전 찬양대 옆 자리에서 늘 밝고 고운 얼굴로 찬양을 하던 권사님을 만났다. 한 달 전 남편과 사별을 한 그의 얼굴은 많이 수척해 있었다. 어떻게 지냈냐고 물었더니 정리할 일들이 많아 바빴단다. 아직 남편의 유품은 손수건 한 장 양말 한 짝조차도 정리를 못하고 있다며 남편 생각만 하면 가슴이 저리고 눈물이 난다고 했다. 다행히도 딸이 장례를 치르고 곁에 남아 있어서 그런 대로 잘 견디어내고 있단다.

그들 부부는 많은 사람들이 닮고 싶어 하는 노년기 부부의 롤 모델이었다. 부부는 매일같이 머리를 맞대고 자손들과 이웃을 위해 기도하며 가정예배를 드린다고 했다. 둘이서 손을 꼭 잡고 교회를 나왔으며 예배에 빠지는 적이 없었다. 부부는 도시락을 손수 준비해서 과천대공원으로 소풍도 자주 다녀온다고 했다. 언제였던가. 비둘기처럼 예쁜 모습으로 살아오던 그들이 머지않아 헤어져야 하는 이 땅에서의 마지막을 기도로 준비한다고 했다. 얼마 후 가지고 있던 옷 중에서 제일 좋은 양복으로 수의를 하고 승화원에서 화장을 한 그의 남편은 이 세상에서의 거푸집을 벗어버리고 하늘나라로 갔다. 보는 이들에겐 담담하게 치른 장례식 같았지만 이별이 그리 쉬운 일이던가. 마음의 준비를 하며 남편을 떠나보냈지만 이별의 아픔은 반세기 동안 함께한 세월만큼이나 그의 가슴을 저리게 하고 있었다. 둘이서 이야기를 나누는 동안에도 그의 눈에는 눈물이 가득했다. 그동안 나는 배우자를 잃은 많은 이들에게서 3년여 동안은 정말 많이 힘들었다는 이야기를 들어왔다. 그도 앞으로의 힘든 시간들을 잘 견디어 낼 수 있기를 기도했다.

지금까지 살아오는 동안 수없이 많은 장례식을 치렀다. 가족과 친척 친구 교회의 많은 식구들까지… 삶을 마감하고 떠나는 그들과 이별의 안타까움을 어찌 할 수 없어 얼마나 많은 눈물을 흘렸는지 모른다. 나는 열네 살에 아버지를 여의었다. 그날, 아버지의 장례를 치르던 마지막날이 아직도 눈에 선하다. 발인예식을 끝내고 상여가 앞마당을 떠나던 그때, 다시는 아버지를 부를 수 없겠구나 하는 슬픔이 밀려와 목이 쉬도록 아버지를 부르며 통곡을 했었다. 그날 이후로는 한 번도 아버지를 불러보지 못했다. 오십여 년의 세월이 흐른 지금도 불러도 대답 없는 아버지 생각을 하면 나도 모르게 눈물이 맺힌다.

어려서 돌아가신 아버지와 달리 어머니는 장수하셨다. 6.25 때 이 북에서 피난 나온 후로 무척이나 많은 고생을 했던 어머니, 그래도 건강하셨던 어머니는 아흔넷에 돌아가셨다. 그때 내 나이 쉰셋이었다. 오십이 넘은 나이에도 고아가 된 것 같았다. 슬픔이 거센 파도처럼 밀려와 가슴에 부딪혔다. 하지만 그게 다가 아니었다. 이듬해 어머니가 마흔일곱 살에 늦둥이로 얻은 삼 대 독자 외아들인 남동생이 49세로 세상을 떠났다. 너무나도 갑작스런 죽음 앞에서 금방이라도 심장이 멎을 것 같았다. 애써 가슴을 쓸어내리며 어찌어찌 장례를 치렀다.

나의 젊은 시절은 오직 동생을 위해 살았다고 해도 과언이 아닐 정도다. 나는 동생을 내 목숨처럼 아끼며 사랑했다. 내가 가진 모든 것을 그에게 다 준다 해도 아깝지 않을 정도였으니까. 그런 동생마저 떠난 후 나는 특별히 아픈데도 없는데 시름시름 앓기 시작했다. 너무 기운이 없었다. 가까운 한의원을 찾았다. 당시 나는 일을 하고 있었기 때문에 과로로 인해서 기운이 없는 줄로만 알았다. 아주 심각한 우울증이라는 의사의 말에 너무나도 깜짝 놀랐다. 어머니를 보내고 이듬해 또 갑작스레 사랑하는 동생을 앞서 보낸 충격이 온 몸을 짓누르고 있었던 것이다. 원인을 알게 된 나는 새벽마다 교회 나가 기도하며 찬양하는 가운데 하나님의 은혜로 나음을 얻었다.

폭풍이 몰아치듯 가족들이 세상을 떠나는 기막힌 일들을 남편과 함께 많이도 겪었다. 함께 살던 셋째 동서가 세 살 박이 아들을 남겨

두고 암으로 세상을 떠났고 한동네 살던 손위 아주버님과 막내 시누이남편은 암으로 오십도 안돼서 어머님을 뒤로한 채 세상을 떠났다. 사별로 인한 가족들의 힘든 상황은 무엇으로도 위로할 수가 없었다. 그저 묵묵히 새벽마다 교회에 나가 그들을 위로해 달라고 하나님께 간절히 아뢸 뿐이었다. 그 후 가슴을 치며 애통해 하던 남편은 매주일마다 교회에 나가 슬픈 마음을 위로받고 신앙생활을 하며 천국에 대한 꿈을 꾸게 되었다.

오늘도 나는 같은 부서 회원의 남편 부고소식을 듣고 장례식에 참여했다. 천국에서 다시 만날 것을 기약하며 영원한 하늘나라로 보내는 '천국 환송예배'를 드렸다. 그가 머물렀던 이 땅에서의 마지막 예식을 치르기 위해 화장장을 들러 망우리 공동묘지에 다녀왔다.

나 또한 삶과 이별을 하고 영원한 나라로 떠날 날이 멀지 않을 거다. 몇 년 전 큰 아들이 귀국해서 집에 왔을 때의 일이다. 멀리 외국에 나가 살다 보니 부모의 건강이 염려가 되었던 모양이다.

"엄마 아빠, 이제는 두 분이 살아갈 날이 평균 연령으로 생각해도 이십 년이 못될 것 같아요. 그리고 건강하게 살 수 있는 기간도 십 년 정도일 거예요. 앞으로는 두 분만을 위해서 사시면 좋겠어요."

염려해주는 아들이 무척 고마웠다. 뒤돌아보면 정말 쉬지 않고 인생길을 달려왔구나 하는 생각이 든다. 바쁘게 살았던 만큼 이제는 잠시 쉬었다 가는 것도 괜찮지 않을까. 이 세상 나그네 삶을 차근차근 정리하고 마지막 이별을 준비하며 살아가야 할 것 같다. 해 저물어 날 어두울 때에 마지막 예식을 치르게 될 그날까지……

가장 가치있고 즐거운 일

"그 어려운 글을 어떻게 쓰세요?"

누군가는 이렇게 말하는 이도 있다. 정말 말처럼 쉽지 않은 게 글쓰기다. 글은 손 가는 대로 물 흐르듯이 쓰라고 하지만 그리 쉬운 일이 아니다.

예순일곱의 나이에 글쓰기를 취미로 삼게 되었고 어느새 5년이 흘렀다. 처음에는 일기를 써보며 남의 글을 많이 읽어보는 것이 상책이라는 글쓰기 지도 작가님의 조언을 그대로 실천했다. 그 후로는 여행을 다녀온 후에 기행문을 써보고 일상에서 특별한 기억으로 남은 일들을 글로 쓰다 보니 자연스럽게 수필에 접근하게 됐다.

'다독다작(多讀多作)!' 남의 글을 많이 읽고 많이 써보는 것이 상책이라는 말은 맞는 말인 것 같다.

우리 동네 부천시 원미동에는 글쓰기 프로그램이 있다. 7년 차 되는 장수 프로그램이다. 이번 '수다쟁이들의 다락방' 출간으로 여섯 번째 에세이집을 내놓게 되었다. 해를 거듭하면서 회원들의 문장력도 익어가고 있다는 평가다. 백일장, 수기 공모전, 수필문학상 등등 이곳저곳에서 수상을 하는 회원들이 날로 늘어가고 있다. 나 또한 글쓰기로 인해 노년기 인생이 여러모로 풍성해졌다. 글쓰기를 소중한 나만의 취미로도 즐기지만 지역사회 자원봉사의 한 갈래로 유익하게 활용하기도 한다.

글을 쓴다는 것은 나에게 있어서 가장 가치있고 즐거운 일이다. 돈이나 명예와도 바꿀 수 없는 글쓰기에 내가 빠져 있다는 것 그것 하나만으로도 나는 지금 행복한 시니어가 아닐까.

2017. 10. 31
'수다쟁이 다락방' 회장 류인록